無限次告白

INFINITE CONFESSION

XXI

獻給那些曾經鼓起勇氣告白的人，
願你也能夠找到屬於自己的幸福。

點子出版
IDEA PUBLICATION

作者序

我想，應該有很多讀者跟我一樣，都是從小聽周杰倫的歌長
大吧？

我永遠不會忘記，在那個青澀的中學時代，自己曾經有段時
間瘋狂地聽《晴天》和《龍捲風》，連 MSN 的名字也加上
了歌詞，除了想吸引暗戀對象的注意，也希望將來能夠在那
個人面前好好表演一次。

嘛，這個「夢想」終歸也沒有成真，成為了人生眾多遺憾的
其中一個。但我感謝這些遺憾，將我帶到來這個地方，讓我
有機會跟大家細說自己的故事。

猶記得，剛開始動筆寫這個故事的時候，腦海忽然浮現起周
杰倫某首歌中的一句歌詞，心想這根本是神來之筆啊……最
後毫不猶豫地加進故事的標題裡，成為從「最一開始」就存
在的一個伏筆。

【就是開不了口讓他知道】給我無限次告白的機會……

這就是網絡連載時所採用的故事標題。連載到達中後期的時
候，開始有讀者成功破解箇中玄機，然後引發激烈討論。閱

讀他們的反應真的是一件非常有趣的事，這無疑是身為作者的我最大的樂趣和幸福。

再一次感謝點子出版，這本書確實是經歷過無限次催稿，千呼萬喚始出來。真的是辛苦了各位編輯和設計師。

當然，不忘一直對我不離不棄的讀者們。《無限次告白》是我繼《成為外星少女的導遊》後第二本出版的科幻愛情類實體小說。我會說這是一個很純粹的故事，可能說不出甚麼大道理，但保證你們看得高興。或許，你們還能夠從中找到屬於自己的「過去」。

最後，無限次感謝大家。

有心無默

CONTENTS

I
回到過去

回到過去

「我鍾意妳!」

　　各位還記得自己第一次告白的情況嗎?我永遠都不會忘記,中二那年的平安夜,我趁著美術室只剩下自己和小璇的時候,帶著赴死的決心鼓起勇氣跟她告白。

「小璇,妳、妳可唔可以畀次機會我⋯⋯做我女朋友?」

「吓?」小璇聽到後當堂一呆,「你話你鍾意我?」

　　等待她答覆的這段時間,我可以清楚聽到自己的心跳聲。全身每個細胞都繃緊起來,彷彿膨脹的氣球般,只要被觸碰就會瞬間爆開。

「但係⋯⋯阿楓,乜你唔係『咩』㗎咩?」小璇問道。

「『咩』?」我不解,「『咩』即係咩意思⋯⋯」

「我見你同隔籬位嘅小霖咁親密,仲以為你哋係一對㗎⋯⋯」

「黐線!」我反應非常大,「梗係唔係啦!妳完全搞錯晒喇!」

「係咩?」小璇顯然不太相信。

「雖然我同小霖係好投契，成日一齊返學放學、一人做一份功課之後互抄、飯盒兩份分、有時仲會走堂去網吧打機、放假一齊出街……但我同佢真係只係好朋友，絕對唔會有其他可能性！」

因為，小霖是男生。

我也是。

「吓……原來你係異性戀嘅？今次真係誤會晒，嘻。」小璇調皮地吐了吐舌，「但係，我真係冇辦法接受嚟。因為我一直以嚟都當妳係姊妹……」

「姊妹！？」

這答覆猶如晴天霹靂，我彷彿可以聽到她用了女字部首的「妳」字。

「嗯，姐妹。」

「哈、哈哈……咁我係家姐定細妹？」我勉強擠出一個笑容，其實內心已經碎掉了。

若果，整件事都在這刻宣佈告終就好了，但現實往往是更加殘酷。

「咦？你哋兩個點解仲喺美術室嘅？」

「Amy！」小璇錯愕地轉過身。

　　走進美術室的人是 Amy，同級當中最八卦和多嘴的一位女同學。她所得悉的「新聞」通常只需要一個小息的時間就可以散播到全校。還記得，上年校內的一宗師生戀，被她揭發後隔天就上了各大報章的頭條。

「冇，我哋只係……」當刻，我固然想掩飾過去，而我深信小璇會協助我……

　　……但我錯了。

「Amy，原來阿楓唔係基㗎！我哋一直搞錯晒！」小璇居然衝口而出地説。

　　聞言，Amy 那副超大圓框眼鏡的鏡片立即閃過一道危險的光芒。

「佢仲要同我表白！但我真係冇辦法應承囉！我心裡面早就認定佢同小霖先係一對！」

　　小璇一口氣説個不停。此刻我已經再聽不下去，茫然地環視

美術室的四周——

　　還記得，那次上堂畫肖像素描，我和小璇被分配到一組，完成的時候她稱讚我畫得她很可愛。從那一刻開始，我就喜歡上這個女生；

　　還記得，有次上課我轉身打算跟小璇聊天，卻不慎打瀉了她的水彩，弄污了我的校服，結果要問小霖借體育服來換；還記得，是小璇主動邀請我加入美術學會，她告訴我將來打算成為一位出色的插畫家；還記得，老師要我和小璇合作參加學界砌模型比賽，讓我們在這裡度過了很長的時光……

　　這一瞬間，過往所有美好的回憶都開始崩壞起來，變得肢離破碎……連同我人生中的第一次告白，一同結束了。

　　告白就好像只有一條生命的遊戲，失敗了就是 Game Over，不會有復活的機會。

　　毫不意外地，我告白失敗的消息很快就傳遍整個校園。多得 Amy 在散播過程中不斷加鹽加醋，我和小霖差點就要被抓去參加甚麼性向輔導。因為這件事，我和小霖自此變得生疏起來。我也再沒有參加美術學會的活動。對小璇也選擇了避而不見，甚至刻意跟其他女生保持一定距離……

就這樣過了一整年自我隔離的校園生活後。因為搬家的緣故，選學科的那年我轉到另一間中學就讀。有了個新開始，我漸漸擺脫了初中時期的陰霾，重新鼓起了勇氣，四年間總共告白了四次……但全都以失敗告終。

不知不覺間升上了大學，眼看身邊的朋友大多都已經找到了另一半，而我可以選擇的女生變得愈來愈少，鄭伊健的《天煞孤星》開始成為我飲歌的時候……

我遇到了她——師慧娜。

第一次相遇，是在學校圖書館尋找參考書的時候，當時我已經被她所散發出的氣質深深吸引住。這次之後，我經常都會去圖書館找尋她的身影。再過了好幾次後，我終於找到機會跟她搭話，還交換了電話號碼，經常用 LINE 聊天……

原來，慧娜之所以會姓「師」，是因為她的父親是台灣人。有著一半「台妹」血統的她，身材和樣貌都勝過大部分同校的女生。儘管如此，她的個性卻意外地低調，不會刻意去表現自己。每天上學都是化著淡妝、戴著沒甚麼特色的粗框眼鏡、走到那裡都抱著一本看起來很難懂的書……

因為她甚少接觸校內的男生，所以令很多人產生錯覺，以為她早就有男朋友，才會刻意保持距離……但事實上並非如此。

「《格雷的五十道陰影》？妳男友會鍾意妳睇呢啲書咩？」有次，我見慧娜抱著這本與她喜好不符的書（是英文版），我裝作好奇地問。

「甚麼？（國）」慧娜睜大雙眼，她有個可愛的地方，就是感到吃驚或者緊張的時候會說回國語，「我、我沒有男朋友啦！這是朋友借給我的，她說很好看……（國）」

　　這次提問，讓我得悉了絕大部分男生都不清楚的驚天大秘密。猶如取得巨大優勢的我當然更加進取地靠近慧娜，雖然在旁人眼中好像在白費心機，但我確實感到我們之間的距離拉近了許多。大概是受我影響，慧娜也開始敞開心扉與他人接觸，而我當然很樂意介紹自己的朋友（註：已有女朋友的）給她認識。

　　時光飛逝，轉眼間又過了一年半，還有不到一個月我的大學生涯就會宣告結束。大概清楚大家接下來會很忙，所以在復活節的那天，咱們班的「大姐頭」發起了名為「由朝到晚預埋你一齊玩到斷氣」的大型聚會，打算在忙碌前最後瘋狂一次。由於歡迎攜伴出席，所以我鼓起勇氣邀請了慧娜。

「嗯……好的。（國）」

　　電話裡頭的她語氣帶著幾分害羞。這一刻，我可以肯定告白的時機已經成熟了。

話雖然這樣說。但現實總是愛開玩笑，復活節當日我的表現簡直是不堪入目，可以說是一場活生生的悲劇。唯一值得慶幸的是，這晚活動結束後，我仍然找到機會單獨送慧娜到巴士站。

「我今日真係表現到成個傻仔咁。」我打破沉默說道。

「沒有這回事啦！（國）」慧娜連忙回應：「你界到好多歡樂我哋，真㗎。」

「應該得妳先會咁諗，其他人應該好後悔冇拍片放上 YouTube。」

「唔係嘅，」慧娜低下頭，若有所思地說：「一定仲有人係好似我咁諗。」

　　本來，我已經打消了告白的念頭。直到發現她今天隨身所帶的書——日本女作家湊佳苗的《告白》。雖然不是愛情小說，但這書名根本就是一個暗示啊？

　　反正是不可能失敗的，為甚麼還要拖下去？

　　抱著最大的覺悟，我在到達巴士站前的最後一個街口停下腳步。慧娜注意到後，不禁用疑惑的眼神看著我。

「慧娜，我有件非常重要嘅事想同妳講。」

　　慧娜聞言立即睜大雙眼，聰慧如她，肯定明白這開場白代表著甚麼。

　　我先深呼吸口氣，腦海閃過以往的失敗經驗──小璇、MSN、倉鼠、Online Game、自修室……每次告白失敗都是一條伏線，全為了鋪排出這次的成功。

　　好，上吧！

「其實我……」「對不起！（國）」

　　我和慧娜幾乎是同一時間開聲，這意外的發展令我當場愣住了。

「我、我知道你打算說甚麼，但是……對不起！我是不會接受的！阿楓，我一直、一直把你當成自己最好的朋友。你是一個好人，應該找個更好的對象，這個人並不是我……絕對不是我！（國）」

　　慧娜用流利的國語連珠炮發，毫不留情地向我派了好友卡、好人卡，卡尖猶如利刃般狠狠刺進我的心臟……

　　「慧娜……」

「啊，巴士到了！我、我先走一步，再見……（國）」

嗶嗶！嗶嗶嗶──

「吖！」
「小姐，亂衝紅燈係咪想死呀？」
「對不起！真的對不起！（國）」

慧娜她……甚至不惜衝紅燈也不讓我說下去。

為甚麼？明明是不可能失敗的，到底是甚麼地方出錯了？

因為看電影時受到「基情肥仔」的戲弄，成為眾人笑柄這件事？

還是唱K嚴重走音，結果要接受大懲罰這件事？

抑或在燒烤途中，特意為了慧娜而燒的芝士丸不慎「爆漿」，害她全身被濺上白色液體這件事？

就是因為以上的一連串失敗，所以慧娜就拒絕了我？

我不能接受……

「哈。」想著想著，我不禁自暴自棄地笑了。好想可以盡快回家，睡個半死當作甚麼也沒發生過。

但這是不可能的，因為慧娜已經拒絕了我。即使說過我是她最好的朋友，我們的關係也無法回到當初那樣⋯⋯這就是告白失敗最殘忍的地方。

圖書館中的一段段經歷，將會化成另一次心酸的回憶。

當淚水快要奪眶而出之際，走在前方的一位老伯伯突然「哎呀」一聲跌倒在地上。奇怪的是，明明是人來人往的彌敦道街頭，居然沒有一個人願意提供協助。

見狀，我加快腳步走到老伯伯旁邊，彎腰去扶起他。

「啊，唔該晒⋯⋯後生仔你真係好人。」老伯伯感激地說。

「唔使客氣。」我聲音沙啞地說：「舉手之勞啫。」

「哈哈，真係唔認老都唔得喇，我今晚已經係第二次跌低。」他無奈地說：「好彩兩次都有人幫手咋。」

「唔係呀，睇落仲老當益壯呀？」見老伯伯腳步有點不穩，我繼續說下去：「伯伯你而家諗住去邊度？」

「哦……好近好近，就前面嘅小巴站，行多一條街就到。」

「咁不如等我扶埋你過去？」

「好、好。後生仔你一定會好心有好報……係喇，你叫我做耶伯就得。」

　　倘若是平日的話，我大概不會好心到這樣送佛送到西。此時此舉只是為了找個地方把悲傷暫時放低。怎樣也好，我很快就把老伯伯送到小巴站。臨別之際，他從手持的膠袋裡掏出一顆復活蛋打算送給我。

「係朱古力嚟。」他解釋道：「你放心食，全部香港製造，保證食過返尋味。」

「咁我就唔客氣喇。」見他盛意拳拳，我也不好意思拒絕。

「後生仔，你心地好。」耶伯輕輕拍了拍我肩膀說：「千祈唔好咁易灰心，往後仲有大把機會，記住要珍惜呀。」

「大把機會？」我不解。

「喂，阿伯你講夠未呀？未就落車講，唔好企起車門口阻住晒，我趕住開車呀！」小巴司機不耐煩地說。

耶伯無奈地聳聳肩，然後就轉身走進去。小巴啟程離開後，我又不禁想起了慧娜，不知道她安全回家了沒有？

我慣性地拿起了自己的手機，但沒有像以前那樣立即發短訊給她。因為告白失敗的我，已經再沒有資格去關心她。

意識過來，我已經回到家中，躺在自己的床上。雖然全身滿是燒烤的味道，但我並沒有意欲去梳洗，只想像爛泥一樣頹廢下去。然而，閉上眼之際，我才想起自己仍然握著耶伯送給我的那顆復活蛋。此刻，錫紙包裝內的朱古力已經有少許融化。雖然對味道不抱太大期望，但為了不想辜負耶伯的一番好意，我最後還是選擇吃掉它。

「咦？呢種味道！」但結果卻出乎我意料之外。

雖然稱不上驚為天人，但卻令人十分懷念……這味道，跟慧娜手製的情人節朱古力幾乎是一模一樣的。猶記得我在她面前品嚐的時候，那味道簡直甜得入心入肺。但此刻再試一次，才發現本身的味道居然是如此苦澀……

很苦、真的很苦……嗚……慧娜……妳到底為甚麼要拒絕我？

若果一切可以重新來過，讓我有機會去表現好自己，妳是不是就會給我另一個答覆？

「再嚟一次嘅話，我一定會成功，一定會……」帶著這個可笑的想法，我慢慢閉上了眼睛。

　　隔天早上，我先被自己的手機鬧鐘弄醒。看看時間，居然是九時正？

「奇怪，我明明冇較到鬧鐘㗎？」

　　難道，是昨天預設好的鬧鐘（為了看早場電影）不小心再響了一次？雖然覺得神奇，但我並沒有去深究，而是選擇繼續睡下去。只是，感覺才剛進入夢鄉，又馬上被一個來電吵醒了。

「喂，你條死仔仲瞓緊呀？」是阿豪，大學中與我關係非常好的一位同學。

「梗係瞓緊啦，今日冇堂唔使返呀！」我不太客氣地說，連續被弄醒兩次實在很難保持心平氣和。

「冇堂？喂，你唔係唔記得今朝要睇戲呀？」

「睇戲……又睇？」我聞言立即張開雙眼，「睇邊套？」

「你果然係瞓懵咗，《美國隊長》呀！你個慧娜一早到咗喇，你仲喺度瞓！」

「慧娜？」我愈聽愈困惑，「《美國隊長》？」

「係呀，我哋已經買咗戲飛，而家喺商場間老麥食緊早餐……」

　　話到一半，阿豪旁邊突然傳來一把女聲笑著說：「阿豪你同佢講，放飛機都要畀錢呀！」

「你聽到大姐頭講咩啦？」阿豪接著說：「快啲起身飛的嚟啦！」

「咪住先，阿豪……喂喂？」我正想提問，但阿豪卻掛斷通話了。

　　《美國隊長》？不是昨天才看完嗎？何解又要再看一次？還有慧娜，阿豪說她已經到了……這次通話實在叫人摸不著頭腦，莫非是惡作劇？

「我明喇，佢哋班人肯定嫌我噚日出醜唔夠，所以想玩多我一鑊。」

　　這顯然是唯一能夠說通的解釋。想通過來後，我本來打算關

掉手機繼續睡（不然又會想起慧娜），但隨即又注意到另一個異樣。

「咦⋯⋯我係幾時換咗瞓覺衫？」

不單如此，就連身上的燒烤味也消失了。難道，是有人偷偷走進房間替我換了衣服？不不，這是不可能的⋯⋯我昨天又沒有喝醉，假如真有其事，我肯定會察覺到的。

——天煞弄人大海不能容頭上那顆孤星心上種——

想到這裡，手機鈴聲再次響起。起初我還以為又是阿豪，沒想到打來的人居然是慧娜。經歷過昨天的失敗，我要鼓很大的勇氣才能按下接聽鍵。

「喂⋯⋯咳，喂？」

「早晨，」明明是慧娜那親切而又熟悉的聲音，此刻聽起來卻有種強烈的距離感，「啱啱阿豪同我講，話你仲未起身，你係咪身體唔舒服？」

「吓？我、我冇事呀。慧娜，妳而家真係同緊阿豪佢哋一齊？」

「當然！我哋約好咗今朝睇戲㗎嘛！」

「但係，《美國隊長》我哋唔係睇咗喇咩？」

「沒有看過啦！（國）」她轉用國語回答。

　　説到這裡，我不禁用力握緊手機，大腦開始高速運轉起來——鬧鐘、電影、麥當勞早餐……現在這個情況跟昨天根本是一模一樣。若果，我不是被人惡整的話，就代表……

「慧娜，妳答我……今日係幾年幾月幾日？」

「吓？」慧娜感到有點疑惑，「二零一四年四月二十一日，點解你問到好似小説入面嘅角色回到過去咁樣嘅？」

　　因為，這個情況好像真的發生在我身上了。

「冇嘢，妳諗得太多喇……慧娜，我而家即刻飛的過嚟。」我並沒有立即跟慧娜交代一切，免得她有所誤會，甚至覺得我瘋掉了。

　　乘搭的士趕去戲院的途中，我不斷用手機檢查各大新聞網以及論壇。不論本地或外地，所顯示的時間一律是四月二十一日。若果這真的是惡作劇，規模已經可以説是世界級了。

　　話雖如此，我又不敢斷言自己真的回到過去。為甚麼？因為現在的發展已經和我認知有些分別。至少，昨天的我並沒有收到

阿豪和慧娜的電話，也沒有收到以下兩個短訊：

【你真的沒事吧？】－慧娜

【你條友遲硬㗎喇。我哋留咗飛，一陣你自己去拎。】－阿豪

當然，這可能是因為我無視了鬧鐘繼續睡下去，才會出現這樣的變化……又或者我記憶裡面的「昨天」根本是一場夢。但不論事實如何，在這個時空間裡的慧娜應該並未拒絕過我的告白。換句說話，我重新獲得了一次機會……

一次，邁向成功的機會！

想到這裡，我禁不住亢奮地歡呼一聲（的士司機被我嚇了一跳）。等我到達戲院，電影已經開場了差不多二十分鐘。但老實說我完全不介意，因為「昨天」已經看過一遍，仍然記憶猶新。

「唔該……」正打算開口問職員拿戲飛，一個預料之外的人卻從後輕輕拍向我的肩膀。

「喂，你張飛喺我度呀。」

「慧娜？」我很意外，「妳點解喺度……唔同阿豪佢哋入場先？」

「等你嘛。」慧娜微笑道。

「等我……」我感動了一秒，隨即又想起了她「昨天」拒絕我時的表情，「但妳一個人企喺度等唔悶咩？」

「唔會呀，我都係睇書啫。」慧娜展示她懷中的書，正正就是《告白》。

　　跟記憶一模一樣的書，但「昨天」慧娜並沒有在入口等我，因為準時的我是跟他們一同進入戲院的。

「咁我哋入去喇。」慧娜將其中一張戲飛遞給我，「呢張你嘅。」

　　接過戲飛瞧了眼，我好像明白慧娜為甚麼會留在這裡等我了。

「慧娜，妳係咪同我交換咗張飛？」我立即開口問。

「吓？」慧娜驚訝得張大嘴巴，這反應明顯是被我說中了。

「妳畀妳張飛我睇下。」我伸手。她雖然有點猶豫，卻沒法拒絕。

　　果然，慧娜的戲飛座位是 P1，即是全場最角落的位置。而我這張則是中間位置，能夠和大伙一起坐。情況與我記憶完全相反，但我清楚知道這是甚麼回事。

在這裡簡單解釋一下，話説「昨天」我們班的「大姐頭」突然興起提議一個大懲罰遊戲，她當時故意買了一張坐在角落的單人戲飛，誰人不幸抽中就要孤獨看戲。而當時抽中的人正正就是我。

　　到「今天」，由於我遲大到的緣故，這張單人戲飛就很自然地交到我手上。而慧娜顯然是注意到這情況，才用自己的戲飛來跟我交換。等她來坐這個位置，獨自承受接下來的一切⋯⋯

「慧娜，妳同其他人一齊坐啦，我坐角落就可以。」

「但係⋯⋯」

「唔好『但係』喇，再唔入場就真係出字幕㗎喇。」

　　倘若不是經歷過一次，我肯定不會察覺到這狀況。

「嗯。係喇，你咁急趕過嚟應該冇食到早餐，我專登買咗個魚柳包畀你。」

「慧娜，」我從她手上接過仍然暖烘烘的包，「多謝妳。」

「別客氣啦！（國）」

當然，我會選擇和慧娜換回戲飛，還有另一個原因——就是我很清楚接下來會發生甚麼事。絕對不能讓如此溫柔和體貼的慧娜經歷那場惡夢……

「咁睇完之後見。」進場後，我壓低聲跟慧娜説。

「嗯。」

跟慧娜分開後，我抱著對付最終 Boss 一樣的心情去到最後排 P 行，準備面對眼前這位曾令我蒙上陰影的肥仔。若果可以的話我真的想逃走，但這樣做必定相當顯眼，被慧娜看見一定會胡思亂想的。

「死就死……」我鼓起最大勇氣坐在肥仔旁邊。

沒料到他非常「性急」，故意挑這一瞬間提起自己的左腳，輕輕拂過我的小腿。再用含情脈脈的眼神看著我……

嗯……

「你要唔要香口膠？」幾秒後，他用完全不像肥仔的高音問道：「仲暖㗎。」

「唔使客氣，我自己有。」我當然拒絕，暖的香口膠……聽起來

就已經想吐了。

「你知唔知呀，呢套戲呢，今次嘅奸角其實係主角昔日嘅好基友……」

明明已經面對過一次，但此刻的我仍然顯得相當被動。稍微交代一下吧，這個肥仔是一名男同性戀者，想藉此機會來尋找合適的「獵物」。聽到這裡你們可能會問，既然如此，剛才讓慧娜坐在他旁邊不就安全了？這是不可行的，因為他出現在這裡並不是巧合，而是「大姐頭」刻意安排。就算旁邊不是男生，他也會幹一些令人感到難堪的事情，甚至偷偷拍下這些畫面。

而接下來，他將會變得愈來愈主動——例如在打鬥場面佯裝睡著靠在我肩膀，在某角色死掉時大哭一場要我安慰，到結局的時候還會給我一個超突然的擁抱。

如此戲劇般的發展，最後使我成為眾人的恥笑對象。慧娜可能就是因為這個原因才拒絕我……

未幾，我開始聽到旁邊傳來鼻鼾聲。其實到這刻，我差不多肯定自己是回到了過去，還有辦法改變這一切。既然如此，我為何不主動出擊？

想到這裡，我終於決定豁出去，掏出手機打開電筒，再利用

強光照向裝睡中的肥仔。

「喂，你、你射到我塊臉喇……」見狀，他也沒法再裝下去，痛苦地半睜開雙眼。

　　沒想到他在這情況下也能夠說出這樣曖昧的話。

「死肥仔，你同我聽住！」我惡狠狠地指向他的喉嚨，「我雖然唔反對人基，但我唔係基，亦都最憎俾人話係基！」

「嗚……唔好……停……」為了避開刺眼的強光，肥仔表現得相當狼狽。

　　我沒有意欲把電筒熄掉。大概是「昨天」積累了太多怨氣，難得找到地方宣洩，當然不想輕易放手。

「喂！先生，你喺度做咩！？」直至身旁傳來另一把聲音我才如夢初醒——是戲院的男職員。

「冇，我只係……」我立即把手機收好，正想解釋的時候……

「你嚟得啱喇，條友係咁騷擾我睇戲！」肥仔卻比我搶先一步說道：「我仲見到佢鬼鬼祟祟咁諗住偷拍！」

「我冇！」我連忙否認，這刻現場大部分人（包括慧娜）都將目光轉過來這邊。

「先生，麻煩你冷靜少少，起身跟我出去。」男職員嚴肅地說，看來他比較相信肥仔的證供。

「嘿。」肥仔露出勝利者的笑容，壓低聲說：「唔好怪我，要怪就怪你唔肯接受我……」

　　這之後，職員徹底檢查了我的手機一遍。雖然最終證明我的清白，但電影卻已經完場了好一段時間。令我感到意外的是，阿豪和大姐頭他們居然一直在戲院門口等我。有那麼一瞬間，我還以為他們是擔心我才這樣做……

「乜你咁唔小心呀，嘿……」「嘻嘻，個肥仔唔啱你咩？」「哈哈哈，一諗起你頭先俾人捉出去就想笑……」「下次偷拍就小心啲啦。」

　　但現實總是殘酷的。他們留在這裡只是為了取笑我，跟「昨天」的情況簡直是異曲同工。

「阿楓，你冇事嘛？」大概，現場就只有慧娜一個緊張我吧。

「梗係冇事。我都冇做過，對得住天地良心。」

「對得住天地良心？」一把惱人的女聲在我身後響起，「枉我哋成班人要食住西北風等你，道歉都冇句！」

　　說話的，正是造成這一切的元兇——我們班的「大姐頭」。

「為咗等你，我哋成個行程足足推遲咗二十分鐘呀，大白痴！」

「我又冇要求你哋等。」我反駁道：「仲有，唔好以為我唔知，個肥仔根本係妳請嚟整蠱人！」

「係又點？」大姐頭並不打算掩飾，雙手抱胸說道。

「妳……」

　　從眾人的反應看來，他們大概在較早前已經得悉真相了。

「喂，相嗌唔好口呀。」班中一位女同學小佳笑著走來勸交，「留返啖氣去唱K先爆啦！小璇，我哋係咪坐巴士過去？」

「係……哼！」大姐頭先怒瞪我一眼，接著氣沖沖地轉身離開。

　　各位是否覺得「小璇」這個名稱很熟悉？並不是作者技窮想不出新名字，更加不是巧合。沒錯……我們班的「大姐頭」其實就是小璇——那位我曾真心愛過，也是第一位拒絕我告白的女生。

自從當年的那次失敗後，我和小璇就變得形同陌路。到中四那年轉到新學校，當時的我還以為自己這輩子也不會再見到她⋯⋯

但事實我錯了，大學開學當日，我赫然發現小璇居然跟我報讀同一科。多年後再見，我們總算簡單的寒暄幾句，然後就繼續各走各路，整整三年學期以來幾乎沒有任何交集。

一別數年，小璇她各方面都變得成熟了，然而性格卻沒有多大變化。依然喜歡熱鬧、愛替朋友出頭，是別人眼中值得信賴和依靠的人⋯⋯唯獨對著我的時候完全是另外一回事。或許，這是她為了和我保持距離而築成的高牆吧？

不管怎樣，我跟她的關係已成過去。我現在重視的人只有慧娜一個。

未幾，我們到達了一間卡啦OK場。因為人數夠多，所以被安排到一間特大的派對房。這房間最特別的地方，就是中央有一塊微微升起的圓形舞台。

「阿楓，你沒事吧？（國）」坐在我旁邊的慧娜憂心地問：「點解塊面咁青嘅？」

「吓？冇、冇事⋯⋯」這當然不是實話，因為我知道接下來會發生甚麼事。

「咳咳。」小璇拿著一枝咪高峰走到舞台上，清清喉嚨再說下去：「喂，難得今日咁齊人，又有咁多新朋友，不如唔好齋唱咁悶，玩下啲特別嘢啦？」

「玩咩先？」「好呀！」「贊成！」聞言幾乎全場和應。

　　除了人緣極佳，小璇的號召力和感染力都是一流的。雖然鬼主意多，「受害者」亦不計其數，但由她所主理的活動幾乎每次都會獲得正評。以她的才能，作為活動策劃師肯定能夠發光發亮吧？但她的理想卻是成為一位出色的插畫家……

「一開始，當然係每人獨唱一首先啦。」小璇繼續說下去。

「哈，即係我嘅表演時間啦？」高佬傑自信地站起來：「全世界都話我唱得好似王傑。」

　　順帶一提，全班都知道高佬傑正在追求著小璇，但小璇顯然對他沒有感覺。

「當然唔係咁簡單。」小璇搖搖食指，「話就話獨唱，但唱咩歌係隨機抽出㗎。」

「吓？」高佬傑愣住了。

經歷過「昨天」的我很清楚，這就是第二場惡夢的開端。

「等我解釋下啦。一開始我哋先每人點兩首歌，然後較做隨機播放模式。跟住呢，就由高佬傑你呢邊開始，每人輪住唱一首，唔理抽中咩歌都要唱。假如抽中自己嘅歌就算你好彩，唔係嘅話……嘻嘻，自求多福喇。」

「咁如果真係唔識唱呢？」阿豪舉手問道，聽慣了泰文歌的他，這無疑是一次艱鉅的挑戰。

嘛……事實上，我的情況也好不了多少。

「最多可以飛一首，第二首就點都要唱。」小璇回應。

「輕鬆啦，接受挑戰。」話雖然這樣說，但其實高佬傑也只是懂唱王傑的歌，僅此而已。

「嗱，既然玩得，就當然會有大懲罰。」說到這裡，我注意到小璇嘴角微微揚起。

「咩懲罰先？」大家不約而同地問。但我很清楚，真的很清楚……

「全場最差嘅三位，要上台為我地獻唱一首《Gangnam Style》，仲要跳埋舞喎！」

因為，「昨天」我就接受過這慘痛的大懲罰。

還記得，「昨天」我先是抽中一首韓文歌。由於未曾聽過，所以理所當然選擇跳過，豈料到第二首居然中了慧娜點的《洋蔥》（丁噹版）。雖然知道怎樣唱，但女聲版對我來說實在太過高音，結果當然是嚴重走音。更悲劇的是，排在我後面的慧娜偏偏選中了我點的《天煞孤星》……

最終，我入選成為全場最差的三位之一，這次騎馬舞表演可以說是整天的高潮位——為了不再重複相同的錯誤，這次我已經早好準備……就是和慧娜交換位置坐。

有著台灣血統、天生一副好嗓子的慧娜，唱《洋蔥》肯定沒有問題。就算不小心出了差池，其他人也不會狠心選她去跳騎馬舞。而我又可以唱到自己的飲歌，這簡直是最完美的計劃。

「到你揀歌喇。」慧娜將遙控器交給我。她選的是《死心的理由》和《洋蔥》，跟「昨天」一模一樣。

為免出現變數，我也選了跟「昨天」相同的歌。轉眼間，在場的人都已經點好了歌，而高佬傑亦已經握著咪做好準備。如無意外，幸運的他將會抽中自己點的《幾分傷心幾分痴》，然後成功博得女神小璇的掌聲……

「What the F...!?」沒想到，看見歌名的一刻，高佬傑當場激動得爆粗了，「邊條友揀泰文歌呀？」

　　泰文歌？為甚麼不是《幾分傷心幾分痴》？我將目光從高佬傑移到阿豪身上，見他眼神閃縮，這首歌顯然是他點的。

「我要飛！泰文歌根本冇可能識唱！」高佬傑喊道。

「記住得一次機會咋。」一臉得意的小璇將遙控器遞給他。

「天呀……畀啲好運我，最多之後我賭少幾場波，搵少啲……」祈禱完畢後，高佬傑戰戰兢兢地按下停唱鍵。

　　這臨時許下的承諾，結果為他帶來……同一首泰文歌。

「哈哈哈哈！！！」「大傻仔呀！」「命裡有時終須有呀！」這當然引來全場爆笑。

「頂！」高佬傑氣得把遙控器砸在沙發上，「個隨機系統一定係出咗問題！我要再抽過！」

「唔得！願賭服輸呀！」小璇喝止他：「更何況個系統根本冇出錯！頭先歌單入面的確係有兩首一樣嘅泰文歌！」

「咁……」由於女神親口證實，因此高佬傑完全無法反駁，「好！唱咪唱！唔好俾我知道係邊個點泰文歌，我一定唔放過佢！」

我注意到阿豪嚇得把身體蜷縮成一團，壓低聲跟我說：「死仔唔好爆我出嚟……」

我並沒有心情理會他，而是嘗試搞清楚狀況。記憶中，阿豪「昨天」是選了兩首不同的泰文歌，但今天就不一樣……難道又是蝴蝶效應作怪？

因為我遲到、因為我用手機電筒反擊肥仔、因為我被檢查手機所以整個活動推遲二十分鐘、因為我和慧娜換了位置坐——因為以上種種原因，令到在場人士所點的歌都改變了……那麼理所當然般，隨機抽選出來歌曲也會變得不一樣。

「！@#$@#△#@！#$……」前半首歌高佬傑基本上是亂唱的，「可唔可以開伴唱，求下妳……」最終他選擇了求饒。

「唔可以！」見狀，小璇反而笑得更高興，根本就是披著人皮的小惡魔，「畀你開伴唱之後咪個個都會開囉！繼續唱啦你！」

如無意外，高佬傑將會成為《Gangnam Style》的成員之一，但我並沒有因此安心下來……果然，接下來出現的歌曲都跟「昨天」不一樣，然而大部分人都表現得相當不錯。

終於輪到慧娜，她雖然抽中了一首日文歌，但同樣表現得相當出色，簡直令人聽出耳油，真沒想過慧娜居然連日文歌也會唱⋯⋯然而我也驚訝不了多久，因為馬上就輪到我了。

「阿楓，你一定得嘅。」

　　接過慧娜的咪高峰以及祝福後，我抱著最大的覺悟望向電視螢幕。下一瞬間，音樂響起，我第一首抽中的歌居然又是《洋蔥》。

「幫我飛咗佢。」見狀，我果斷地說。

「吓，唔係嘛⋯⋯呢首都飛？」有人難以置信地說。

　　這是當然了，因為我已經失敗過一次，亦沒把握這次能夠成功。看來，現在只能像高佬傑一樣祈求上天了。結果⋯⋯

「嘩，係我揀嘅《開不了口》！」小璇拿起另一枝咪說道，就像生怕別人不知道似的。

　　怎麼又是她？算了，向好的方面想，周杰倫的歌比起女聲版的《洋蔥》，已經算是簡單得多了。

「才離開沒多久就開始擔心今天的妳過得好不好⋯⋯」我用力握緊咪高峰。

　　此刻已經再沒有任何退路，我只能靠自己的實力為慧娜留下一個好印象。放馬過來吧……正在那邊偷笑的小璇！

　　結果，我唱到一半被自己的口水哽到，後段開始瘋狂走音，關鍵的那句「妳對我有多重要我後悔沒讓妳知道～」更加是悲劇中的悲劇，正式成為《Gangnam Style》的第二位成員。

　　作為大懲罰，這次《Gangnam Style》當然並不簡單。由於高佬傑加入令整件事變得更有趣的緣故，小璇還有其他人（除了慧娜）都要求我們表演到直至他們滿意為止。

　　「高佬傑唔得啦！再跳！」「唔夠神似囉。」「阿楓反而跳得幾好，係咪跳過？」「手腳並用、手腳並用呀！」

　　結果足足表演了六次，直至慧娜忍不住幫口他們才願意放過我們。明明「昨天」只是一次就夠，何解會變得更差了？

　　「各位，今晚我會將呢段精華片段放上 Facebook，你哋記住 Share 喇！」

　　「好嘢！」「放埋 YouTube 啦，肯定過十萬點擊率！」「好呀好呀！」

　　「恥辱……」高佬傑咬牙切齒地説。

我和阿豪也有同感。順帶一提，阿豪因為抽中張學友的《李香蘭》所以成為我們的一份子。往後的時間我沒再有唱過任何一首歌，腦海只是不斷重複著《Gangnam Style》裡的歌詞和舞蹈。

「小璇，妳又揀《開不了口》？」班中另一位女同學Lily好奇地問。

「咩喎，頭先又唔係我唱！」小璇望過來我這邊，然後撲哧笑了一聲，「放心啦，我好有信心一定唔會走音，『我後悔沒讓你知道』……嘻嘻。」

看著這個令我多次在慧娜面前出醜的女人，我心中的怒火已經快要到達臨界點。

按照行程安排，我們之後會到旺角某間天台燒烤場。老實說，經歷完騎馬舞地獄後，我確實有認真考慮過離席，但最後為了慧娜還是選擇留下來……

「各位，呢間燒烤場係我舅父開嘅。」才剛坐好，小璇馬上解釋道：「雖然佢今晚唔喺度，但講好咗全場嘅食入晒佢數，叫我哋隨便食……但要記住，酒水係要另外計呀！」

「好嘢！」「大姐頭！代我多謝妳舅父！」「之後嚟會唔會有折喇？」「我一定會介紹班親戚嚟！」眾人聞言感激地說。

「你哋再咁客氣就要收錢㗎喇……總之，最緊要玩得盡興！」小璇高聲道。

不怕蝕底又懂得帶動氣氛，小璇無疑是正宗的「世界女」，難怪會如此受歡迎……為了不想眼冤，我刻意選擇了距離她較遠的位置坐。

「慧娜，我出去睇下有乜可以燒，妳係咪鍾意食豬頸肉夾生菜？」

「係，點解你會知嘅？」慧娜有少許吃驚。

「唔知㗎，可能係心有靈犀？」我帶著燦爛的笑容離開，這次應該可以提升一點分數吧？

豬頸肉、生菜、牛柳粒、雞扒……經歷過「昨天」的失敗，這次我絕對不會選擇芝士腸和芝士丸。我永遠不會忘記，慧娜被芝士「爆漿白汁」濺中上身後，羞紅了臉替我打圓場的畫面……

「阿楓佢唔係有心㗎，只係、只係……揩得差……」

啊啊啊啊啊啊啊啊！！！每次回想起都羞恥得想找個洞鑽進去。

「喂。」一把意外的聲音突然響起——是小璇？

她不知道甚麼時候出現在我身後，這情況下不可能裝作聽不見……

「點？」我語氣相當冷淡，沒有望向她而是選擇繼續夾肉。

這情況「昨天」並沒有發生過，肯定又是蝴蝶效應吧。

「冇，我見你好似夾到好迷茫咁。咁啱我又熟呢個場，所以想提下你……呢度啲豬頸肉其實好麻麻。」她説。

「哦，明白。」我聽到後反而再多夾幾塊。

難道，「昨天」慧娜説好吃只是不想辜負我的好意？（註：昨天我並沒有吃過）不會的，肯定又是小璇想作弄我……

「你係唔信㗎喝。」小璇看得出我在鬥氣。

「唔係唔信，我只係個人非常熱愛豬頸肉，唔食一日就周身唔舒服，唔食兩日就隨時連命都冇。」

「咁、咁你食多啲啦。」小璇無奈地説：「係喇，我推介呢度啲芝士腸同芝士丸……」

「老老實實，其實妳到底想點？」就像戳中我的軟肋一樣，這刻

我終於按捺不住怒瞪過去。

「吓？」小璇大感訝異。

「睇戲同唱K嗰陣妳已經利用我幫妳搞熱個場啦，乜仲唔夠咩？」

「利用？係，雖然我係故意整啲環節出嚟等大家玩得更開心啲。但我真係冇諗過次次都會抽中你㗎，點知好似整定咁，無論我點樣……」

「但事實就係每次都抽中我！」我打斷了她，「妳而家應該好開心啦？反正由『嗰陣』開始，妳就已經覺得傷害我係完全冇問題……」

小璇睜大雙眼，顯然聽得懂「嗰陣」是甚麼意思。

「我嗰陣仲細，唔知會搞成咁。如果我一早知，我一定唔會同Amy講……」

「妳知唔知都冇所謂。因為我介意嘅根本唔係嗰陣，係而家！」我加重了語氣，「妳要做世界女係妳嘅事，但唔好再搞到我！」

說罷，我將擺滿了食物的餐碟隨手擱在一邊，轉身頭也不回地離開了燒烤場。我不知道這樣做會對我和慧娜產生甚麼影響，

即使小璇會向她告狀我也不在乎。此刻，我只想離開這個鬼地方，不再做她的專屬小丑。

　　然而，才剛進出大街，就聽到背後有人大聲呼喚我的名字。

「阿楓！」原來是慧娜。

　　我並沒有因此而停下來，反而加快腳步往前走。

「你點解要走呀？」

「我有少少胃痛，已經同咗小……搞手講。」

「你説謊。（國）」慧娜説：「我睇到小璇嘅表情，你哋應該係發生咗啲事。」

「冇事。」

「騙子。（國）」

「慧娜，妳返去先啦……」

「唔返，我要跟住你。」

再這樣糾纏下去，慧娜可能會因此而討厭我。但我又應該怎樣解釋？直接說我不滿小璇？不滿她的所作所為、不滿她曾經拒絕過我的告白？

「阿楓，你今日真係好奇怪……同平日好唔同。」

「咁係因為唔舒服……」

「唔係，你係介意自己俾人玩，我有冇講錯？」見我沒有回應，慧娜繼續說下去：「唔應即係我講中咗。但你應該知道㗎？你班同學向來都係笑完就算。過咗今晚，佢哋只會記得自己玩得好開心好盡興，同埋識到好多人。所以你根本唔使介意……」

「但我介意嘅人根本唔係佢哋……」

「咁係邊個？」

「係……」我愈走愈快，彷彿這樣做就可以甩掉她，無需要回答。

「到底是誰呀？（國）」但慧娜的聲音卻愈來愈接近。

「係妳呀！我係驚妳會介意！」我猛地轉身，差點就和慧娜撞個正著。

此刻，我和慧娜的臉頰只剩下幾吋距離。可以見到她為了追上我而滿臉通紅、小嘴微張著、清澈的眼眸裡充滿著各種疑問……

「甚……為甚麼？（國）」

「點解？」我不顧一切地握著慧娜雙手，她因此嚇了一跳，「因為我鍾意妳！」

　　瘋了……我一定是瘋了才會選擇在這刻告白。明明情況比起「昨天」更加惡劣，但就只有這個答案，是最沒有掩飾、最發自內心……

「阿楓……」

　　而我，亦因為這次衝口而出的告白，搞清楚了一件事。

「對、對不起。（國）」

　　就是，無論我是否能夠成功開口告白，結果也是一樣。

　　目睹慧娜乘坐巴士離開後，我帶著比起「昨天」有過之而無不及的失落感回到家中。腦海不斷重複著慧娜的「對不起」，而

且愈來愈害怕……怕「輪迴」的機會只有這一次。

　　若果只有一次機會，我和慧娜的關係就會正式結束。剛才我為甚麼要告白？逃走的話至少還有機會……我真是一個大白痴。

　　想到這裡，心如刀割的我不禁流下男兒淚，痛心地閉上雙眼，任由意識漸漸遠離。

　　鈴鈴鈴鈴鈴

　　隔天早上，我被九時正的鬧鐘弄醒。時間，是四月二十一日復活節。

　　我又回來了。

THIS DIARY BELONGS TO:

_____

_____

_____

1st 外傳 我的告白失敗日記（MSN篇）

　　中四那年，我透過MSN結識了隔壁文科班的女同學小恩。由於我是理科生的緣故，所以在校內跟她可以說是零交集，但我們在MSN中卻相當投契，幾乎無所不談。終於，相識半年後，我鼓起勇氣跟她告白。

　　而地點，我選擇了我們相識的地方——MSN。

　　【小恩，妳願意同我一齊嗎？】-我
　　【嗯 ^^】-小恩
　　【我意思係男女朋友嗰種喔……】-我
　　【我知呀，傻佬 :3】-小恩

　　當晚，我們一直聊到凌晨三點。除了相約好明天一起吃午餐，小恩對我的稱呼亦都由「傻佬」變成「老公豬」……

　　【我愛妳。】-我

　　隔天，我帶著勝利者的心情，充滿自信地前往小恩的班房……順帶一提，她可是中四年級的校花之一喔。

　　「你係邊個？」然而，我萬萬料不到，小恩看見我後第一個反應

1st外傳 我的告白失敗日記(MSN篇)

居然如此。

「我係邊個？」我大感錯愕，「我係你老……紙天蠍呀！」

　　差點就在眾目睽睽下衝口而出說了「老公豬」，幸好反應夠快。

「吓……吓吓吓!?」小恩猛地退後幾步，「原來你先係紙天蠍!?」

「梗係啦，唔係我咁係邊個？」有一刻，我還以為小恩只是在跟我開玩笑。

「即係、即係我一直都……」小恩的臉頰瞬間燒紅了，「我一直以為喺MSN同我傾偈嗰個人係許子杰！」

　　許子杰是我的同班同學。大概，是因為讀音近似（紙天蠍 > 紙蠍 > 子杰），所以小恩一直把網絡上的我當成子杰。而最失敗的地方，是我一直沒有在現實世界與小恩見面，令她也產生了共識不去找我……

　　結果，她就這樣一直誤會下去。直到我在 MSN 告白，終於在這天把誤會解開……然而換來的卻是悲劇。

　　「對唔住，好對唔住！噚、噚日我嘅答覆……希望你可以當粉筆字抹走佢！」

　　「吓……」我想，當時自己張大嘴巴的樣子肯定很蠢吧。

　　「我哋係唔可以一齊！因為、因為我鍾意嘅人係子杰呀！」

　　我哋係唔可以一齊！因為、因為我鍾意嘅人係子杰呀！
　　我哋係唔可以一齊！因為、因為我鍾意嘅人係子杰呀！
　　我哋係唔可以一齊！因為、因為我鍾意嘅人係子杰呀！

　　哈哈哈、哈哈哈……

　　一星期後，小恩和子杰終於正式見面，他們更是一見如故。只用了半個月時間就極速發展成為情侶，多年後的今天依然在一起。聽說，他們打算下年就會去註冊結婚呢！

　　真是可喜可賀、可喜可賀啊。

II
對不起

對不起

【第二次輪迴】

「好彩⋯⋯」當我意識到一切又重新來過後，真的當場鬆了一口氣。

　　然而，經歷了兩次失敗，此刻的我已經失去了動力，甚至開始考慮缺席這天的所有活動⋯⋯直至回想起那天耶伯跟我說過的那番說話：**「千祈唔好咁易灰心，往後仲有大把機會，記住要珍惜呀。」**

　　機會此刻就在眼前啊⋯⋯現在放棄的話，慧娜肯定會覺得我十分差勁。

　　【那就明早見囉！】－慧娜

　　看著慧娜留給我的最後一個短訊，我終於找回了當初的衝勁⋯⋯對，很多故事中的主角同樣是飽受挫折仍然絕不放棄，才能夠成就傳奇。

「今次我一定要完美過關，成功追到慧娜！」

　　抱著這份覺悟，這天我比其他人都早到達聚集地點，連慧娜都感到有點意外。吃早餐途中，小璇突然舉起手中的電影戲飛，跟大家宣佈「那一件事」：

「各位各位，唔好意思呀……因為我哋人數多，咁唔兩行座位唔夠
坐，所以要焗住買張單丁位，一陣要搵個人屈就下自己一個坐。」
小璇無奈笑一笑，「但若果你哋冇人肯嘅，就唯有我自己坐喇。」

　　這個「說法」當然是假的，只是她為了炒熱氣氛而編的一個
謊言。

「我成日都自己睇戲，等我嚟……」「係囉，小璇妳同其他人坐
啦。」「喂，你哋咪係同我爭嘛？」

　　為了博取小璇好感，在場很多男生都自告奮勇，為了這個落
單位置爭得臉紅耳熱（全因為他們不知道將要面對甚麼）。最後，
有人提議所有男生出來抽籤，由抽中的人來坐──這個發展跟之前
幾乎是一模一樣。

「你哋班男仔真係好人。」小璇嫣然一笑，開始將戲飛逐張逐張
放在桌上，「等我計下先，呢度有十二個男仔……好，而家檯上面
有十二張飛，其中一張就係單丁位，你哋過嚟抽啦！」

　　聞言，大部分男生都在你眼望我眼，沒有人願意行動。說穿
了，剛才他們只是為了向小璇獻媚才做個樣子爭奪戲飛，根本不
是來真的。

「喂，你哋仲坐喺度嘅？就開場喇。」小璇催促道。

因此，「昨天」的我根本就是無辜中槍……為了不再重蹈覆轍，我已經想好了對策。

　　「等我抽先！」高傑佬霸氣地站起來，「你班垃圾淨係得個講字！扭扭擰擰成個女人咁！我就唔信第一個抽會中喇！」

　　雖然忘記了哪張才是落單戲飛，但我依稀記得是放在右手邊的。接下來，只要排在高佬傑後面，盡快抽走左手邊的戲飛，大概就能夠逃過一劫……

　　「就呢張啦！」下一瞬間，高佬傑已經選好其中一張，反轉過來瞧了一眼，「P1……」

　　「嘩！」站在高佬傑旁邊的小璇驚嘆一聲，「你咁好彩嘅，一抽就抽中單丁位！我真係恭喜你呀！」

　　「哈，十二份一機會都中……」「哈哈，宇宙第一大傻仔！」「高佬傑，今次辛苦你喇！」

　　現場所有人都因為高佬傑這次一擊而中而爆笑起來，只有我是例外。記得「昨天」高佬傑同樣是第一個抽，但結果是安全的……為甚麼會這樣？難道是因為我最早到達現場，如此細微的動作就產生了蝴蝶效應，改變了結果？

「哼！自己坐咪自己坐！咁仲好喋啦！」此刻，高佬傑並不知道等待著他的會是一場惡夢。

不管甚麼原因，這次我總算逃過「肥仔」一劫。不但如此，還能夠坐在慧娜旁邊。如此良機，我當然要有進一步行動⋯⋯

「慧娜，不如我哋買爆谷食咯？妳怕唔怕熱氣？」我在入場前問道。

「唔怕。」慧娜微笑道：「我都好耐冇食過爆谷！去買咯！」

因為這套電影我已經看過兩次，所以這次可以分心去偷看一下慧娜的臨場反應。對每件事都認真投入的她，經常都會展露出非常有趣的表情。看戲的過程中我們也有不少「接觸」機會——除了遞爆谷的時候經常手碰手，到電影高潮位的時候，慧娜甚至拿錯了我的可樂來喝⋯⋯

原來，只要換個發展，地獄就會搖身一變成天堂。

可是，高佬傑就慘了。離開戲院的時候，他的樣子就像被侵犯過似的，還不自然地內八字夾著雙腿。令到眾人非常好奇，到底肥仔在漆黑中對他幹了些甚麼。

笑著笑著，我們不知不覺就來到了卡啦 OK 場。

「咳咳,等我簡單解釋下啦。首先我哋每人點兩首歌,再改做隨機播放模式……」跟之前一樣,小璇開始進行解說。

　　雖然到目前為止已經出現了不少變化,但這個挑戰終歸是無法避免……

「咁如果真係唔識唱呢?」阿豪又提出相同的疑問。

　　按照「昨天」的情況,就是每人有一次跳過不唱的機會。小璇正打算開口回應,高佬傑卻打斷了她。

「係囉!一定有人運氣差揀中唔識唱嘅歌!」他拿起了其中一枝咪說道:「我有個提議,如果真係唔識可以搵人幫手合唱!」

「但咁樣……」小璇皺起眉頭。

「大姐頭,我覺得合唱呢個提議都幾好呀。」她旁邊的小佳說道。

　　大伙紛紛和應,而男生尤其踴躍,因為這樣就能夠找自己心儀的女生合唱。沒想到,高佬傑居然會提出這麼棒的建議。這大概也是蝴蝶效應的影響吧?已經中過一次伏的他,當然不希望這次也出醜。

「咁樣,好啦!」見狀,小璇也只能接受了,「不過輸咗有懲罰㗎!

要同合唱嗰位一齊出嚟跳住唱《重口味》，跳到我哋滿意為止！」

「冇問題！反正我一定唔會再衰！」高佬傑很有信心地說。

　　這樣的話，即使我再抽中《洋蔥》，也可以選擇和慧娜合唱。有她助陣肯定能夠唱得很好，就算失敗了，其他人也會因為慧娜而不會選我做最差——想到這裡，我開始有種強烈的感覺，事情正向著最完美的方向進發……

　　然而，對高佬傑來說卻是另一次惡夢。大概是受到了不幸之神的眷顧，他居然又中了阿豪所選的泰文歌。

「到底係邊條友揀泰文歌呀！？」因為這次無法跳過不唱，所以他只剩下一個選擇，「我要合唱！有冇人願意同我合唱？」

　　結果沒半個人響應他，包括選這首歌的阿豪。心知不妙的高佬傑將目光轉向小璇，從眼神看來是希望小璇能夠跟他合唱……

「你唱唱又冇講明要強制合唱，我唔制呀……我唔想唱《重口味》。」小璇斬釘截鐵地拒絕了。

　　就在最絕望的一刻，居然有個外來的朋友願意跟高佬傑合唱……

「好多謝你！我嘅救星！好兄弟！」雖然是男生，但高佬傑仍然非常感動。

　　而結果……

「你老……你唔識唱做乜要同我合唱呀！？」唱到最後，高佬傑終於禁不住破口大罵。

「我其實係想唱《重口味》咋。」男生笑著說，這個發言馬上引來全場爆笑。

　　由於幾乎可以肯定接受大懲罰的人會是高佬傑，所以之後唱的人都顯得毫無壓力。而大部分人都會選擇跟異性合唱，看得高佬傑非常心酸。

　　終於來到慧娜，她居然抽中了經典合唱歌《相逢何必曾相識》。

「阿楓……」開播前，慧娜輕輕拉一拉我的衫袖，「你願意同我合唱嗎？」

「吓？」雖然驚訝，但我馬上反應過來，「當然冇問題！」

　　因為是慧娜主動邀請，所以這次我絕不敢怠慢，結果也算唱

得不錯。合唱完後，隨即又輪到我了。而果然，要來的始終躲不過，我又抽中了丁噹版的《洋蔥》，但今次⋯⋯

「慧娜，妳可唔可以幫我？」

聞言，她毫不猶豫地把咪貼在嘴唇前，用天籟般的聲音唱出第一句：「如果你眼神能夠為我片刻的降臨⋯⋯」還邊唱邊用眼神提示我，將難唱的部分交給她⋯⋯

「好肉麻呀！」「不如你哋兩個唱晒佢啦！」「結婚結婚結婚！」「錫啦仲唱！」見狀，旁人開始在大呼小叫，但都無阻我們繼續唱。

這刻，我完全陶醉在幸福的氛圍之中，慧娜大概也有相同的感受吧？多希望，這場美夢能夠一直延續下去⋯⋯

結果毫無疑念地，由高佬傑他們接受大懲罰。在這之後，我和慧娜也有繼續合唱，甚至在旁人要求下，牽著手唱了羅嘉良和陳慧珊的合唱歌《對你，我永不放棄》。

跟你一起⋯⋯承受了幾多，仍不放棄⋯⋯仍期待一天一切很美。

鏡頭一轉，我們已經身處在天台燒烤場。雖然我不時在回味剛才的美好片段，但為了保持完美狀態，還是不能有半點鬆懈⋯⋯

「慧娜，等我燒豬頸肉嚟界妳夾生菜吖？」

「吓⋯⋯」慧娜感到有點意外，「好呀，唔該。」

　　跟「昨天」一樣，我躲開了所有的丸和腸類，直接去夾豬頸肉。大概是受到蝴蝶效應影響，這次小璇並沒有走過來跟我說話，反而是⋯⋯

「高佬傑？」

　　我注意到小璇拉著高佬傑去到某個無人角落，兩人的表情都相當嚴肅，就像在討論著不為人知的機密⋯⋯這情況確實相當罕見。

　　我承認自己有點好奇想知道他們在討論甚麼，無奈距離實在有點遠，故意靠近的話肯定會被他們發現。

　　未幾，小璇面有難色地點了點頭，隨即又怒瞪了高佬傑一眼，說了最後一句話後就轉身離開。利用這一小段路程的時間由黑臉轉回笑臉，剩下高佬傑一個錯愕地站在原地。

女人啊，確實非常難懂。

然而，這算是題外話吧。不論他們在計劃甚麼，也與我和慧娜沒有任何關係。

「很好吃，真的！（國）」慧娜對我的生菜包豬頸肉感到非常滿意。

我可以肯定這是真心話，因為讓她吃之前我經已偷偷試過味。明明就是鮮嫩多汁、質素相當高的豬頸肉，相信價錢肯定不便宜吧。「昨大」小璇肯定是不想我們吃太多，才宣稱不好吃吧，真是小心眼的女人啊。

燒到途中，眾人開始不介意要另外收費，不斷叫酒來喝。尤其是高佬傑，他一連就喝了好幾枝，顯然是想借酒消愁。但隨著酒精慢慢「上腦」，他的暴躁性格也開始變本加厲。

「牛扒梗係唔係咁燒啦！廢柴！交界我啦！」
「呢條芝士腸同你真係好似呀！哈哈！都係咁幼⋯⋯」
「冇酒喇！酒呢？侍應！垃圾侍應！」

如此沒酒品的表現，當然惹來眾人的不滿。

「喂，夠喇喝。」終於，連一向怕麻煩的阿豪也禁不住出手，試圖阻止高佬傑騷擾另一位女生，「你發完癲未？」

「你話我發癲！？」

　　看來一場爭執在所難免。

「你望下周圍嘅人啦！都恨不得即刻趕你出去呀！」

「你、你……」高佬傑氣得咬牙切齒。

「喂，你哋好喇喎！」小璇終於現身控制場面，「再嘈就兩個一齊出去！」

「哼，」聞言，高佬傑當然不敢再亂來。「我去洗個面……」

　　本來，大家都以為這場爭拗已經結束。但就在高佬傑走到我和慧娜旁邊的一瞬間……

「小丑。」阿豪卻在他身後說了這兩個字。

　　高佬傑雖然醉，但並不是聾的。反應過來後，他立即搶走旁邊一枝沒人用的燒烤叉，繼而轉身想攻擊阿豪。就在這一瞬間，我突然意識到燒烤叉很有可能會傷害到慧娜，馬上擋在她前面……

「啊！」「吖……阿楓！」

　　結果我被燒烤叉擦傷了左手手臂，慶幸並不算太嚴重，最重要的是慧娜沒事。

　　事後，高佬傑理所當然地被小璇轟了出去。而眾人並沒有受到這件事影響，繼續大吃大喝。燒烤結束後，有一半人決定到酒吧繼續下場。但慧娜答應了家人不會在外過夜，所以由我送她回去⋯⋯

　　沒想到，經歷過「英雄救美」這件事後，我們之間的氣氛居然變得微妙起來。明顯是處於一種「大家都在等對方先開口」的尷尬狀態。

　　雖然如此，但我心底裡很清楚一點——這次輪迴可以說是非常成功，錯過這次絕佳的告白時機的話，我將來一定會後悔的。

　　「慧娜，我今日真係過得好開心。」終於，我豁出去打破了沉默。

　　「嗯，我都係，呢種感覺真係好耐未試過。」

　　「其實，我原先都係志在出席湊下人數，等小璇唔會冇面。根本冇諗過可以玩得咁盡興，而且⋯⋯仲可以同妳合唱咁多次。」

　　「我都冇諗過你扮蔣志光唱腔可以扮得咁神似。」慧娜回應。

「真係唱歌先似咋，正常講嘢我把聲係似周杰倫。」

「哪裡像啦！（國）」慧娜笑著拍了拍我的手臂。

「啊⋯⋯痛⋯⋯」卻誤中了我剛才擦傷的位置。

「啊，對不起！（國）」慧娜連忙道歉，「阿楓，你有冇事呀？」

「冇事，一啲事都冇。」我忍痛地説。

「真的嗎？（國）」

「真的真的。（國）」我用國語回應，「不如講返正題啦。」

「正題？」慧娜不解。

「就係⋯⋯」我挺直身子，溫文有禮地向慧娜遞出受傷的左手，「公主殿下，請問妳願唔願意同我跳返隻舞呢？」

「跳你的頭啦！（國）」慧娜輕輕拍打我的額頭，「呢度咁多人！況且，邊個係公主殿下呀？」

「但我今日明明表現得咁好，應該加唔少好感度先係⋯⋯」

「而家玩遊戲咩，好感度。不過呢，你撲過嚟救我嗰下的確又真係……」

「真係？」

「是挺帥的啦……（國）」慧娜害羞地撇過頭，低聲說道。

「慧娜……」這幕確實看得我小鹿亂撞。

「但唔代表我要同你跳舞喎，傻瓜。」慧娜嫣然一笑，正打算繼續向前行的時候……

「咁如果唔跳舞，而係做我女朋友呢？妳又肯唔肯應承？」

「吓？」慧娜回過頭來，難以置信地看著我。

　　而我則用無比堅定的眼神回應她，告訴她我是認真的……

　　有那麼一段時間，我倆只是在凝望著對方。兩人心中都很清楚，在得到（給予）一個答覆之前，大家都不會離開這個位置。但到底之後是繼續並肩而行，還是就此分開……全憑眼前的她來決定。

　　良久，慧娜的嘴唇終於緩緩張開，對我說出了決定命運的兩個字：「抱歉。」

抱歉——這個答覆頓時令我陷入了當機狀態，腦海再沒法正常運作。

「我……」慧娜一臉抱歉地説：「……唔可以做你女朋友。」

　　唔可以做你女朋友、唔可以做你女朋友……
　　唔可以做你女朋友、唔可以做你女朋友……
　　唔可以做你女朋友、唔可以做你女朋友……

「點、點解……」我全身僵硬得連開口也十分困難，「慧娜，我哋明明就咁投契，又經歷咗咁多事……」

　　我一邊説，三年以來的回憶就不斷湧上心頭——在圖書館偷吃慧娜的手製蛋糕、跟她走堂去踩單車散心、為了尋找靈感所以一起東奔西跑……

「今日合唱嗰陣，我明明聽得出妳係對我有感覺，點解……」
「抱歉。（國）」

「我唔係要道歉！我係想知點解！」

　　大概是我的情緒一下子變得太過激動，讓慧娜露出了受驚的表情。

「對唔住，」見狀，我馬上道歉，「我大聲咗。」

「沒關係……（國）」

「但我真係想知道妳拒絕我嘅原因，等我可以死咗條心……」

　　話雖然這樣說，但我內心其實有另一個想法──只要搞清楚原因，下次「輪迴」就能夠對症下藥……當然，前題是還有「下一次」。

「如果我講出嚟，你一定會覺得我好幼稚、好白痴……」

「唔會！」我認真地說：「反正咩類型嘅卡我都收過！」

「卡？」慧娜顯然聽不明白。

「我係指……再奇怪嘅拒絕原因我都已經聽過……」

　　慧娜把《告白》一書緊緊抱在胸前，欲言又止，終於……

「只可以話係……時機問題？」

「時機？」如此曖昧的答案，我當然無法接受。

正打算繼續追問，慧娜卻搖了搖頭，希望我能就此作罷。接下來的發展簡直就是「昨天」的翻版——她注意到巴士快要到站，點頭向我道別後，就匆匆地跑到對面馬路。

這刻，我在心裡暗下決定，下次絕對不會選擇這個能夠看見巴士的位置告白。

也許是經歷過三次失敗，這次我很快就從悲傷中恢復過來。回程路上，我不斷在思考慧娜所指的「時機」到底是甚麼。

無論從那個角度分析，「今天」的發展已經算是相當完美……完美到我曾經有一刻懷疑過是否有人暗中提供協助。但儘管如此，慧娜還是拒絕了我。

即是說，這個「時機」應該是更深層的問題……

「唔通……慧娜佢鍾意咗第二個？」

不不不，這是不可能的。倘若她真的喜歡了其他男生，我肯定會察覺到的。況且慧娜也不是那些拖拖拉拉、愛到處「收兵」的女生。

看來，不搞清楚這個「時機」是甚麼的話，就算讓我輪迴一百次，也只會被慧娜狠狠拒絕一百次……

愛情從來都是兩人的事，不是我一個人能說了算。

【第三次輪迴】

隔天早上，我果然又被自己預設的鬧鐘弄醒。時間是四月二十一日（復活節）的早上九時正。雖然又再一次輪迴，但我已經決定好要用截然不同的方式去度過這一天……

【對唔住，我頭痛落唔到床。真係嚟唔到，你哋玩得開心啲。】－我

老實說，被慧娜狠狠拒絕了三次後，我多少已經感到身心疲憊。所以我傳了這個訊息到活動群組，希望躲過接下來的一連串活動，頹廢一整天。

但這並不是逃避……只要不出席活動、不向慧娜告白，我就可以跳過這個復活節，由四月二十二日開始重新起步，直至找到最合適的「時機」才告白。

本來，我還預期自己臨時爽約會惹來不滿聲音，但結果還好……群內大部分人都沒有怪責我，更叫我好好休息。正當我感到鬆一口氣的時候，電話鈴聲突然響起了──是慧娜。

「喂？」

「阿楓，我喺 WhatsApp Group 度見到你話頭痛嚟唔到，嚴唔嚴重呀？」慧娜擔心地問。

「冇嘢，我啱啱食完止痛藥，已經好返好多。」

「真係？」「係呀……」「真係冇事？」

　　現在這一幕，不禁令我回想起「昨天」被燒烤叉擦傷後，我和慧娜也是不停重複著「冇事嘛？」「冇事。」「真係？」「係呀。」這種對話模式。只是，這個時空的她應該不會記得曾經發生過這一件事吧。

「總之，妳同佢哋玩得開心啲啦。套戲真心好睇、燒烤嗰度啲食物都好唔錯，特別係妳最鍾意食嘅豬頸肉。」

「但係……冇你嘅話，我真係驚會唔慣。」慧娜說。

　　聽到這裡，我真的有衝動想立即趕到她身邊。

「不如，我乾脆睇完戲之後就離隊，嚟同你食午餐？」

「食嘢？」我很意外，沒想到她居然會這樣說。

「嗯……搵啲清淡嘢食。我記得你屋企附近有間好出名嘅粥舖……但會唔會唔方便？如果你真係想休息……」

「方便，點會唔方便呢？完全冇問題！」

也許，我可以利用這次機會，套出慧娜的「時機」到底是甚麼。

「咁你啊下，我睇完戲差唔多過嚟嘅時候打畀你？」

「嗯，就咁話。」

通話結束後，為了養足精神，我把握時間去睡個回籠覺，還做了一個美夢，慧娜在夢中答應了我的告白，我們更即場接吻了……

天煞弄人大海不能容───終於，我被慧娜的來電弄醒了。

「你要起身喇！我啱啱喺旺角走。」

「嗯……」

我在矇矓間瞅了一下時鐘，原來距離電影完場的時間遲了差不多一個小時。雖然感到奇怪，但我並沒有深究其原因，反而在

猶豫應否邀請慧娜到自己家中，讓剛才的美夢成真……

「慧娜。」我握緊手機。

「嗯？」

「咁一陣我哋喺粥舖門口見啦……」

「好！」

唉，我真是沒種。明明有勇氣告白，卻沒勇氣邀請慧娜上來。

不過，這次意外的「午餐事件」也算是過得輕鬆愉快。為了減輕慧娜缺席活動的罪惡感，過程中我不斷指出那邊可能會出現的各種問題……

「妳知啦，今次嘅活動搞手成日都會諗埋啲鬼主意……」

「你指小璇？」慧娜問道。

「嗯，佢一向都係想點就點，完全唔理人感受，所以妳冇去絕對係一件好事。」

「都唔係嘅……小璇做任何事嘅出發點都係想大家開心。就算有咩特別嘅主意，都會識得點到即止。」見我嗤之以鼻，慧娜繼續說下去：「況且，假設我真係在場，遇到咩事你朋友都會睇實我嘅。」

「你指阿豪?」我回想起他之前的表現,嘆氣地説:「佢明明自身都難保。」

「你唔好咁衰啦,阿豪其實幾可靠㗎。」

「佢縮沙嗰陣就可靠……」我翻了個白眼,「啊,差啲唔記得講,佢哋夜晚去嗰間燒烤場啲芝士丸同腸呀,都唔知係咪假貨嚟,燒到咁上下就會爆炸。」

「哈哈……」

快樂時光總是過得特別快,我們不知不覺就在粥店聊了兩個小時。見老闆娘開始投以不滿的目光,我們也只能結帳離開。

意猶未盡的我當然想找個地方繼續。然而,慧娜卻搶先一步開口説道:「咁阿楓你返去休息下啦。」

「但我仲想傾多陣……」況且,我還未套出「時機」是甚麼啊。

「不行!(國)」慧娜彷彿看穿了我,「我哋頭先傾咗兩個鐘其實已經好過分!」

看來她主意已決,我又不能説自己只是裝作頭痛(慧娜最討厭人説謊),所以也只能接受了。

「那……好吧。（國）」我失望地説。

「咪扮我講國語啦。」慧娜舉起書輕輕敲了敲我的肩膀。

「咦，慧娜妳本書……」這個舉動，讓我注意到她手上的書居然不同了。

「書？」慧娜先是疑惑，反應過來後説：「哦，呢本《永遠的0》係我啱啱買㗎。」

　　原來如此，但那本《告白》為甚麼會消失了？難道又是蝴蝶效應的影響？

「咁我返去先……巴士站離呢度好近，你唔使送我喇，早啲返去休息啦……拜拜！」

「拜……咪住，慧娜！妳聽日係唔係放假？」我腦海突然閃過一個念頭。

「係，做咩？」

　　既然已經決定好「今天」不會告白，那當然是……

「不如，搵個地方一齊行下囉？」我鼓起勇氣説，「就我哋兩個

人。」

「但你唔係頭痛咩？」

「頭痛好少事啫，聽日一定好返啦！」我很有信心地説。

「咁……好啦，我哋喺手機度再傾。」

　　這晚，我和慧娜利用短訊談了很久，總算決定好「明天」的行程。為了以最佳的狀態與她見面，我差不多提早了一個小時上床睡覺。當然，我是懷著熱血，還有那團重燃的希望之火入睡……

　　鈴鈴鈴鈴鈴———

　　感覺，就像剛剛睡著，鬧鐘就隨即響起一樣。我勉強撐起身子，按停鬧鐘後瞅了一眼時間——四月二十一日上午九時正。

「冇可能……」見狀，我立即清醒過來，連忙打開 LINE，「冇晒，我同慧娜噚晚傾嘅短訊全部都冇晒……」

　　沒可能、沒可能、沒可能……難道，沒有跟慧娜告白也會被視為失敗，繼續輪迴下去？想到這裡，我感到一股寒意瞬間流遍了全身，同時得出一個結論——慧娜一定要在「這天」接受我的告白，否則……

……我永遠都沒辦法脫離這個「復活節」。

【第四次輪迴】

這之後，我一直死盯著手機屏幕，腦海一片空白，根本想不到任何對策。不知過了多久，畫面赫然一變——是阿豪打來了。

「喂，你條死仔仲瞓緊呀？」

「我……」當刻，我實在茫然得不懂如何回應。

「你記唔記得今朝睇《美國隊長》呀？你個慧娜已經到咗喇！仲喺度瞓瞓瞓！」

「我好似病病地……」我頭痛地托著頭，「唔喐喇……」

「唔喐？喂，你唔係嘛而家先講？大姐頭買咗飛喇！」
「阿豪你幫我同佢講我喐唔到，我之後會畀返錢佢……」

「咁即係搵著我嚟搞，」阿豪無奈地說：「咁慧娜嗰邊……」

「我會同佢講返……」

　　話雖然這樣説，但我卻暗下決定——今天我無論如何都不會和慧娜有所接觸。我要用一天時間來驗證情況是否如此惡劣。

「好啦，咁之後嘅活動呢？」
「都唔會嚟喇，你努力唱你嘅泰文歌啦……拜。」

　　掛斷阿豪的通話後，跟之前一樣，慧娜馬上就打來了。

　　天煞孤人人海不能容，頭上那顆孤星心上種——

　　雖然我堅持不接聽，但慧娜也不是一個輕易放棄的人，一連就打了十多個電話，其後更轉為短訊攻勢……

　　【聽阿豪説你病了，沒事吧？】
　　【為甚麼不聽電話？】
　　【阿楓，你在嗎？】
　　【家中有藥嗎？】
　　【電影開場了，保重身體喔。】
　　【電影頗好看的！你沒來真可惜呢。】
　　【睡醒的話，給我一個回覆吧。】
　　【一定要哦。】

「慧娜，明明我哋係應該喺埋一齊……點解妳要拒絕我？」

為了分散注意力，我果斷地關掉手機。接著打開電腦，扚起心肝研究自己的狀況。也許，只要查出主因，就能夠找到「告白成功」以外的解決方法。

　　如是者，我就這樣一整天待在家中，早午晚餐都用杯麵解決。直到晚上重新打開手機，才赫然發現有百多個未閱讀的短訊……當中大部分都是屬於慧娜的。

　　【阿楓，我很擔心你！】

　　對不起，慧娜。為了擺脫這個「復活節」，我就只能這樣做……

【第五次輪迴】

　　而結果，就算堅持不和慧娜接觸（我很佩服自己沒有心軟），最後還是會回到「昨天」。

「即係話，一定要告白成功先可以脫離輪迴……」我絕望地說。

　　但我很清楚這是不可能的，既然慧娜說過「時機」不對。就算我如何努力，也無法用一天時間扭轉整個結果。看來，唯一的

希望就是⋯⋯

「耶伯。」

　　經過一整天的研究，我了解到絕大部分能夠「回到過去」的人，都要先遇上一個「契機」才會獲得其能力，而這個契機可能是一件事、又或者一個人。就好像某本關於穿越時空的小說，裡面的主角就是因為「遺憾」才能穿梭時空，決心改變過去⋯⋯

　　猶記得那天失落的我碰上了耶伯，整件事實在很有「契機」的味道。特別是他的那句：**「千祈唔好咁易灰心，往後仲有大把機會，記住要珍惜呀。」**

　　之前，我一直只顧花盡心思去令慧娜回心轉意，而忽略了這點。但去到這刻，為了擺脫輪迴，我就必須要找到耶伯，如實告訴他我已經盡了力，但不行就是不行，無法勉強⋯⋯

　　晚上，我提早很多到達彌敦道，一直待在我們當初相遇的位置。然而等了足足兩個小時，耶伯依然沒有現身。這雖然證實了我的想法，但同時亦代表⋯⋯

　　我只能靠自己打破這個「困境」。

「哈⋯⋯哈哈⋯⋯」想到這裡，我竟然忍不住笑了。但這是自暴

自棄的笑，用來掩飾內心的恐懼。

往後的幾次輪迴，容許我加快一點節奏去說明。

起初，我仍然相當有部署。例如第八次輪迴，我終於成功邀請慧娜到我家中，度過了美好的一個中午。慧娜更買了食材打算晚飯親自操刀……

「碗意大利飯好唔好食？」慧娜緊張地問：「我都係第一次煮……」

「好好味。」我感動地說。就在我們目光對上的一瞬間，我鼓起勇氣告白了，「如果妳可以一直喺我身邊煮嘢畀我食，我食一世都願……慧娜，做我女朋友好唔好？」

雖然當時的氣氛非常好，但最後慧娜還是以時機為由拒絕。

「抱歉。(國)」

之後，我開始作出大膽的嘗試，再根據其發展計劃不同的告白方式。例如，第十四次輪迴的時候，我在看電影途中故意把可樂倒瀉在慧娜身上，最後成功演變成兩人單獨前往海邊餐廳吃晚飯。晚飯過後，我們二人赤腳在沙灘漫步……

「間餐廳啲嘢幾好食呀可？」我問慧娜。

「嗯，一路食一路望住個大海，真係好舒服。」慧娜回應。

「但其實同邊個人食都好重要。」
「吓？」

「慧娜，不如妳做我女朋友囉？」告白的同時，我從背後掏出一束玫瑰花。

　　但即使做到這一步，結果依然是「抱歉」。而我又始終無法從她口中套出所謂「時機」到底是甚麼……經歷了一次又一次失敗，我漸漸失去了當初的理智。

「對不起，我、我不可以答應你。（國）」

　　還記得，第二十次輪迴失敗後。我幾乎已經不再傷感，痛苦的根源也不在「被拒絕」這件事上，而是無限輪迴所帶來的精神折磨。我整個人開始變得行屍走肉，間中還會出現記憶錯亂，將之前輪迴所發生的事不小心脫口而出，令慧娜感到相當困惑……

　　我有考慮過將真相告訴慧娜。等她接受之後，假裝好、認真也好，先跟我成為情侶，好讓我脫離輪迴……雖然很吸引，但我最後還是打消了這個念頭。因為長遠來說，這樣做對我們的關係

肯定會有壞影響。

　　試想像一下，倘若你的另一半為了與你在一起，暗中不斷重複又重複地進行各種「試驗」。即使被拒絕多少次也不介意，只為了達至「最佳結局」⋯⋯你知道後內心肯定不會好受。

　　所以我並沒有這樣做，至少暫時不會⋯⋯但我真的不知道自己還能夠堅持多久。

　　再經歷了幾次失敗後，我終於放棄了任何「計劃」，開始胡亂地去告白⋯⋯

「慧娜，請妳做我女朋友！如果唔係，我就冇辦法再生存落去！」

　　直到第三十八次輪迴，我在 K 房眾目睽睽下直接跟慧娜告白了。聞言，慧娜嚇得倒瀉了手中的檸檬茶，先睜大雙眼望向我，再望向阿豪，然後到其他人⋯⋯最後狼狽地跑出房間，就這樣逃走了。

「又失敗咗⋯⋯哈⋯⋯哈哈⋯⋯」

　　我不知道其他人在用甚麼目光看我，也不在乎。反正輪迴後他們也會忘掉這一切。在一片沉默中，我緩緩地走出 K 房。並不是想追上慧娜，而是打算洗個臉稍微冷靜一下。

　　然而，快要到達男廁之際，我終於崩潰起來，雙手掩面跪在地上……

「到底……到底要點做先可以成功……可惡……」

　　……

「喂，你做乜踎喺女廁門口，變態㗎？」

　　就在我感到最絕望的一刻，她毫無預兆地出現在我眼前——

　　——小璇。

　　好死不死的偏偏被她看見這一幕，看來上天仍嫌我低處未算低啊。

「我冇踎，跌咗電話執返啫。」我盡量裝作一切如常。不知為何，唯獨在她面前，我並不想表現出懦弱的一面。

「係真至好呀。唔係一陣有女仔行出嚟見到你之後大嗌『色魔』，到時我一定唔會幫你。」

「放心，我唔使妳幫。」再這樣下去，我肯定會按捺不住跟她吵起來，還是盡快離開比較好，「妳阻住條路，唔該借借。」

但離開，又可以去甚麼地方？剛才在眾目睽睽下出盡洋相，我打死也不會回去了。看來還是回家比較好，反正睡醒後一切也會重新來過。

「你係唔係發生咗咩事？」然而，小璇並沒有打算移開，擋在我面前質問道。

「黐線，會有咩事？」我反問道。

「會喺咁多人面前表白，完全唔似你嘅風格。」

「妳好熟我咩，點知我唔會？」我加重了語氣。

「係唔熟。但我就係知道，因為……」小璇頓了頓再說下去：「因為我曾經都係受害者。」

「哈，受害者。」我冷笑一聲，「原來呢個就係妳嘅真正諗法。明白晒，讓開唔該。」

「唔讓。」小璇絲毫不肯退讓。

「咁妳到底想點？」

「話我聽你發生緊乜事。」小璇回道：「你當我係為咗朋友……

我指小娜。」

　　以我所認知的小璇，這刻想擺脫她大概會比慧娜願意接受我告白更難。

「要我講都得，但我唔想喺度講……」即使如此，我也不想讓她得償所願，「一於去出面搵間 Cafe。但我又唔知會講幾耐，由頭講起分分鐘會講通頂，妳真係想聽咪拋低 K 房班人跟我嚟囉。」

　　我這樣說完全是為了挑戰小璇的責任心，這下她應該就會放棄吧……

「嗯，咁我哋行啦。」豈料到她居然毫不猶豫就答應了。

「吓……吓？」我驚訝得説不出話。

「其實我出嚟本身係為咗追小娜。」小璇坦誠地説：「因為唔知要搞幾耐，所以我連錢都擺低咗，仲提埋佢哋今晚燒烤係八點鐘開始。」

「咁、咁妳就應該去追慧娜啦，點解要理我喎？」我作出最後的反擊。

「呵，時間關係我一早已經 Send 咗短訊畀小娜，佢話佢冇

事……」小璇回應：「況且，我覺得問題係出喺你身上，搵小娜係解決唔到件事。」

「妳唔明……」

「嗯，我唔明。所以要靠你講到我明，行啦。」語畢，她轉身逕自向著升降機大堂的方向走去，看來主意已決。

當刻，其實我是可以選擇逃走的，但我並沒有這樣做……也許，我心底裡確實盼望著有個人願意去聆聽我的煩惱。莫非，這個人就是小璇？

「既然你冇講邊間 Cafe，咁就等我揀啦，我咁啱有間好想去。」

「隨便妳。」我突然有種感覺，自己是鬥獸棋中的大象，而小璇就是老鼠，無論怎樣也吃定我。

説起來，我們對上一次會這樣並肩而行，已經差不多是十年前的事。假如，小璇當初願意接受我告白的話，現在的我們又會是怎麼樣？甜蜜依舊，抑或早就分手，變得形同陌路？

終於，小璇帶我來到一間相當有格調的樓上咖啡店。每人點了一杯咖啡後，小璇立即開始提問了：「你鍾意咗小娜幾耐？」

「兩年半左右。」

　　其實早在到埗前我已經調整好心態，不論小璇問甚麼，我也會如實作答。反正這晚過後，她也不會記得這次對談的內容……不管信與不信。

「嘩，原來咁耐㗎嗱？」她看來感到很意外，「估唔到你會去到而家先表白……」

「我可唔可以反問妳一條問題？」
「隨便問。」

「妳頭先話 Send 過短訊畀慧娜……妳同佢好熟？」我好奇地問。

「呵，係好熟。」小璇笑道：「成日都會一齊傾電話、一齊出街買衫買化妝品，連 Bra 都買過，我而家著緊呢款就係佢揀嘅……係咪睇唔出呢？」

「真係睇唔出。」不論是她們的友好關係還是胸罩。

「所以，」小璇順勢說下去：「我先想搞清楚你哋點解會搞成咁。」

　　雖然不想承認，但看來她真的是出於關心才不惜一切尋根究底，而不是為了八卦……

「冇咩點，咪單純嘅告白失敗囉，妳睇到晒㗎。」

「嗯，但你點解唔搵個合適啲嘅場合呢？以我認識嘅小娜，只要你單對單同佢表白⋯⋯應該好大機會成功先係。」

「妳錯喇，單對單都係唔會成功。」我回應得很快，令小璇感到少許愕然。

「點解唔會成功？」

　　因為，我已經單對單跟慧娜告白了三十多次，全部失敗收場——我很想乾脆地回答，然而話到嘴邊又猶豫起來⋯⋯

「有嘢就直接講啦，明明係男人但又吞吞吐吐⋯⋯難怪小娜會拒絕你。」小璇毫不客氣地說，她的眼神彷彿看穿我內心一樣。

「好，我就講個事實出嚟！」為了替自己爭口氣，我決定豁出去了。

「請講。」

　　就這樣，我由第一次告白失敗，遇見耶伯那刻開始說起——整整三十八次輪迴，毫無保留地如實說出來。起初，我每提到一次失敗，胸口都會隱隱作痛。但情況漸漸就緩和起來，還愈說愈

順暢，就好像終於找到了一個樹洞，將所有痛苦回憶通通跟她傾訴出來。

「結果，今次我癲咗咁直接喺 K 房裡面告白，而慧娜都係拒絕咗我⋯⋯之後嘅事妳已經知道晒。」

　　語畢，我一口氣喝光了剩下的咖啡。由於說了一段頗長的時間，所以咖啡早已經冷掉了。這冰冷的感覺提醒了我，這暢快感只是短暫的。眼前的樹洞很快就會忘掉這次對話，而我又要繼續孤身上路，經歷無限次輪迴⋯⋯

「係咪好難相信，覺得我已經黐咗線呢？哈。」見小璇一臉難以置信，我笑著將咖啡杯放回桌上，「走啦，妳而家返去都仲嚟得切，活動嗰邊行咗妳實冇晒氣氛⋯⋯」

「我信。」沒想到，她居然會這樣說。
「吓？」

「阿楓，」小璇用真摯的眼神看著我，語氣無比堅定地說：「我相信你所講嘅嘢。」

　　她這一瞬間的表情，我大概這輩子都不會忘記。

THIS DIARY BELONGS TO:

_____

_____

_____

2nd 外傳 我的告白失敗日記（倉鼠篇）

要數最恥辱、最不堪回首的一次告白失敗經驗，想必是中五那一次。

猶記得，有天放學我遺留了一本參考書在課室。趕回去的時候，居然被我發現同班同學 Jenny 在偷養倉鼠。

「求下你，千祈唔好同老師講！」當時，她楚楚可憐的哀求道。

原來，Jenny 一直都很想養倉鼠。無奈家人始終不答應，所以只能在學校偷偷飼養。儘管過程困難重重，但她確實把小七（倉鼠的名字）養得健康活潑。

了解過她的情況後，我當然沒有告發她。而藉著這件事為契機，我和她漸漸熟絡起來。我還經常請教同樣有養倉鼠的表妹，好讓我和 Jenny 能夠找到更多共同話題。

然而，就在我倆的關係突飛猛進之際，小七不見了！這之後，我們找了好幾天也找不到，最終只能搞清楚一點——小七大概是被低年級的學生發現，然後帶了回家養，但到底是誰就不得而知……

2nd 外傳 我的告白失敗日記(倉鼠篇)

因為這件事，Jenny足足傷心了好幾個月。而安慰她的這幾個月，我和她的關係好像又更進了一步……

終於，在中五會考前夕，我鼓起勇氣跟她告白了。那天早上，我帶著一隻跟小七一模一樣的倉鼠來到Jenny面前。

「其實，我今日約妳出嚟，係有件好重要嘅事想同妳講。」為了給Jenny最大的驚喜，我先把倉鼠藏在紙盒內，不讓她看見。

「咦，咁啱嘅，我都係！」見面時，Jenny意外地表現得很高興，「你講先！」

「Jenny！」我鼓起最大的勇氣將紙盒打開，接著說：「我知道妳冇咗小七之後過得好唔開心，所以專登搵咗佢……妳可唔可以做我女朋友，等我哋可以一齊照顧呢隻倉鼠？」

當時，我還以為這個攻勢會成功，沒想到……

「吓？」Jenny這個「吓」，居然有種似曾相識的感覺，「其實，我就係想同你講……我已經搵返小七。」

「吓……」這次輪到我「吓」，這下真的尷尬了。

「唔單只咁，屋企人知道我搵返小七之後咁開心，終於肯畀我養喇！」

「咁、咁我呢隻……」

「阿楓，其實……」Jenny 雙眼裡流露出濃濃的歉意，「喺小七唔見咗之後，我一直就將你當成佢。因為你無論喺我開心定唔開心嘅時候都會肯認真聽我講嘢，就好似小七咁……所以我……根本就冇諗過……嗯……同你更進一步。」

「妳、妳、妳妳妳……」我結結巴巴地道：「即係當咗我係倉鼠！？」

「嗯，」她點了點頭，「對唔住。」

　　事後，我把那隻很像小七的倉鼠送了給表妹，養得肥肥白白。那年會考之後，Jenny 就轉到了另一間中學升上中六，自此我們就再沒有聯絡。

　　哈，倉鼠卡，你們肯定沒有收過吧？

III

開不了口

開不了口

「妳信？」起初我還以為自己聽錯了，「件事咁荒謬，妳點可能會信……」

「會信咪會信囉，好奇怪咩？」小璇喝了口咖啡再繼續說下去：「我唔覺得有人會為咗講個大話而編一個足足兩個鐘嘅故仔，你估你係班網絡作家呀？」

「……」我無法反駁，「我仲以為妳聽完會笑我……笑我點解輪迴咁多次都失敗、笑我點解唔乾脆用呢啲時間做其他更有意義嘅事。」

「唔會笑，點會笑呢？」小璇認真地說：「其實我……好明白你嘅感受。」

「妳明白？」我不解，「唔好講笑啦，除非妳同我一樣……」

「阿楓，你仲記唔記得中二嗰年我哋話過將來要一齊讀 Art？」

「有少少印象。」

「到中四嗰年揀科，雖然你已經離開咗學校，但我都係有報到 Art。當時同科仲有十位同學，嗰幾年我哋成日都會一齊參加比賽、周圍去玩，喺其他人眼中可以話係一班密不可分嘅死黨、兄弟姊妹。但其實嗰陣，我總係有一種好強烈嘅感覺——明明周圍

都係朋友，但硬係冇一個人明白我嘅真正感受，非常孤獨……」

「小璇……」

「所以，我明白你感受……」有那麼一瞬間，小璇好像想把右手伸前過來，但下一秒又收了回去。「你而家嘅孤獨感，大概係當時嘅我嘅百幾倍以上。」

　　雖然情況有別，但小璇總是能夠把每件事都說得很有說服力。說起來，自在大學重遇以來，我還是第一次聽到她提起自己的「往事」。

　　之後，是一段頗長時間的沉默。小璇一直將目光放在空咖啡杯上，不知道在思考著甚麼。轉瞬間來到七點半，中午只是吃了一點東西的我開始感到餓了。

「妳肚唔肚餓？」我終於開聲打破沉默。

「少少。」

「咁不如妳返返去嗰邊？阿豪佢哋真係好需要妳呢位大姐頭去炒熱氣氛。」

「咁你呢？」小璇問道：「你之後諗住點做？」

「冇喫，都係見步行步。返去瞓個好覺，第二朝起身再努力過。」我強擠出一個微笑道：「妳行先啦，咖啡錢等我畀。」

「嗯……」小璇站起來，向我投以一個意味深長的眼神後隨即轉身離開。

「小璇！」就在她拉開咖啡店大門的一刻，我放膽大聲道：「多得妳迫我將所有嘢都講出嚟，我而家成個人真係輕鬆咗好多……多謝妳！」

　　換作是以前，這番説話肯定只是我內心的獨白。但這一刻……管他的！

　　聞言，小璇以淡淡的微笑作回應，繼而踏出了咖啡店。雖然只剩下我一人，但我還是選擇在咖啡店內多坐一會兒，靜靜享受宣洩壓力後心情放鬆的餘韻……這是三十八次輪迴以來，難得的內心平靜。

　　小璇能成為眾人的大姐頭，果然是有她的原因。過去我一直不願意承認這點，全因為她曾經拒絕過我的告白……我想，她肯定早就看開了吧。對比之下，我實在太過幼稚了。甚至幼稚到會以為她知道我的經歷後會願意支持我，不單只精神上，而是包括行動……但幻想歸幻想，現實終歸是殘酷的。

「哈。」想到這裡，我不禁自嘲了一聲。

　　然而，就在我離開咖啡店的一刻，身旁竟然傳來一把意外的聲音。

「你出嚟嘑？時間啱啱好。」是小璇，她居然仍未離開。

「妳點解仲喺度嘅？」我驚訝地問道。

「打電話吖嘛。」小璇舉起了她的 iPhone，「喺 Cafe 驚嘈到其他人。」

「吓？」我依然不明白。

「我出嚟係為咗打電話呀。」小璇為我的遲鈍而嘆了口氣，「同佢哋講我今晚唔會出席，叫佢哋今晚要盡情食，酒水都唔會計錢。」

「酒錢都唔計？但之前嘅輪迴明明唔係咁……」

「我就係想向你證明一樣嘢。」小璇舉起食指指向我，「一個人可能咩都做唔到，但只要兩個人一齊嘅話，就有嘢係改變唔到。」

「兩個人，妳嘅意思即係……」

「鈍都有個程度吖!大白痴。」小璇雙手抱胸説道。

「等我嚟幫你追到小娜啦。」

「幫我追到小娜……」聞言,我腦海頓時變得一片空白。「點樣幫?」

「點幫?咪從『女人』兼『好姊妹』嘅角度幫你諗下點追小娜先係最好囉。」小璇充滿自信地説:「唔好睇小我呀,其實我已經撮合咗好多對戀人。」

　　我清楚她並非在誇大,其事跡早就在大學裡流傳了一段時間,有些人甚至稱呼她做「丘比璇」。

「雖然得一日時間係有啲難度,但你可以無限試嘛。至少,唔使再孤獨去面對。」

「我明,但有個關鍵位我諗妳應該忽略咗……」

「嗯?」

「過咗今晚之後,妳係會唔記得我哋曾經見過面,更加唔會記得自己話過要幫我。」

「啊……」小璇不禁張大了嘴巴，看來真的遺忘了這點。

　　本來，我還以為她會知難而退，就此卻步。但就算這樣我也不會責怪她，因為這件事本來就是強人所難……

「呢層簡單啦。」但結果，她卻從容地回應。

「吓？」

「聽朝，假如你真係再一次輪迴。即刻打畀我，如果覺得唔好意思嘅話 Send 短訊都得。」小璇彷彿看穿我一樣補充道：「然後，你先將成件事簡單咁講畀嗰陣嘅『我』聽，再話我應承咗會幫你。」

「到時嘅『妳』肯定會話我黐線，叫我有病打去青山。」我插嘴道。

「嗯，的確有可能。」小璇坦率地說：「到嗰陣，你就開始爆啲『秘密』出嚟。另一個『我』聽完肯定會即刻相信你所講嘅嘢，咁我哋就會有一整日嘅時間可以用。」

「秘密？」

「當然係只有我自己先知道嘅秘密。」小璇說這句話的時候，笑容帶著七分燦爛、三分羞澀。

曾經有一段很長的時間，我好像忘記了自己為甚麼會喜歡眼前這位女生。直到這一刻，我總算想起來了。

這之後，我和小璇先隨便找個地方填飽肚子，再繼續商討接下來的「行動」。

「妳真係諗住陪足我成晚，唔返去嗰邊？」

「係呀煩。既然決定咗要做，就一分鐘都唔可以浪費。」她看來真的相當積極，「況且，我想趁呢個機會做個實驗。你咪話過，喺第十二次輪迴嘅時候試過堅持唔瞓覺嘅？」

「嗯……雖然可以去到四月二十二日，但一到咗凌晨四點四十四分，我就開始好眼瞓，冇耐就會失去知覺……醒返就發現自己輪迴咗。」我搖了搖頭，跟小璇走進了某間便利店，「妳有嘢買？」

「講到口乾呀，買杯嘢飲下先啦。」小璇難受地伸出舌頭，「阿楓，我喺度諗，如果我喺你旁邊阻止你瞓呢？咁會唔會有可能成功？」

「我諗……可能性好低。與其話嗰陣係瞓著，其實更加似係昏迷。」

「雖然係低，但都值得一試嘅。我飲酒先，至於你……」小璇從冷藏櫃裡面拿了一枝啤酒，再遞了一樽紅牛給我，「飲完包你精神。仲有六個半鐘，頂住呀。」

現在才夜晚十點，看來真的是漫漫長夜了。

「咁樣……妳仲想知道我啲乜？」我問道。

「而家再講你嘅嘢都冇意思啦，因為我好快就唔記得。應該掉返轉，我講啲同小娜有關嘅資訊畀你聽。」

「好。」因為無法用手機記錄下來（輪迴後就會消失），所以只能專心聆聽了。

「首先，小娜係好信星座嘅。佢初中嗰陣試過唔理其他人反對堅持同一位星座唔夾嘅女仔做朋友，點知最後俾佢出賣。自此就更加信星座呢回事。」

「點出賣法？」

「佢搶走咗小娜嘅暗戀對象。」小璇回答：「係當時嘅一位學長嚟，個女仔完全係為咗搭路去識個學長先黐埋小娜度。」

「真係㗎？」我驚訝，「我完全冇聽過……」

「呢啲嘢點可能會同你講吖。但我相信，小娜應該唔係因為星座而拒絕你。因為你係天蠍座，而佢係雙魚座，正路應該好夾先係。」

「嗯。」

「跟住就講下……」

　　說著說著，不知不覺就去到凌晨四時半。這刻，我和小璇正身處在尖沙咀海旁。其實早在半個小時前我們已經停止了情報交流，只是靜靜的坐在欄杆上，等待著事情發生……

「阿楓，你有冇諗過，當你輪迴返去之後，而家身處嘅呢個世界會變成點？」良久，小璇終於打破了沉默。

「冇呀，根本就冇時間諗呢啲嘢……應該都係繼續行落去啩？只係『我』嘅意識已經唔再喺度。」

「咁你同小娜嘅關係呢？」

「關係？既然告白都失敗咗，就算可以繼續做朋友，都冇可能返番去以前咁㗎喇……我諗？」

　　聞言，小璇先沉思了幾秒，喝了口啤酒（已經是第三枝）才回應道：「係唔係所有男仔都鍾意咁諗？認為表白失敗就真係世

界末日？」

　　沒想到她的提問會愈來愈困難，當我苦惱該怎樣回答的時候，手機鬧鐘卻響起來……時間來到四點四十四分了。

「啊……」強烈的渴睡感立即蜂擁而至，我不禁按著額頭。

　　果然，就算有其他人知道我的狀況，也無法擺脫輪迴……

「喂，唔好瞓呀！」儘管小璇抓著我的肩膀用力搖晃，也阻止不了情況惡化。

　　想到自己很快又要孤單一個，恐懼感瞬間佔據了全身。眼皮變得愈來愈重，當意識快要飄走的一刹那，我聽到小璇在呼喚我的名字……

「死就死……搏一鋪啦！」

　　我用盡最後的力量勉強半睜開眼，只見小璇突然將臉湊過來……

　　……！？

「阿楓，返到去……記住一定要搵我。」

這是我失去意識前聽到的最後一句話。

【第三十九次輪廻】

「嘩！」

驚醒過來，我第一時間拿起身旁的手機來看，時間是四月二十一日的八時十分。雖然再一次輪廻，但這次我卻比起以前早了起床……大概，是因為輪廻前所發生的「那件事」實在太過震撼了。

想到這裡，我下意識將手指放在嘴唇邊。那一份「觸感」疑幻疑真，到底是否真的發生過？

「搏一鋪……」我重複著小璇的話，「小璇，妳究竟有冇……」

可惡，已經再沒有機會搞清楚了。

稍微冷靜下來後，我想起了小璇千叮萬囑我一定要找她。只是，戰戰兢兢地輸入了她的手機號碼後，我居然又開始猶豫起來。

——阿楓，成件事係你搞出嚟，你唔應該拖其他人落水……

——但有小璇幫手嘅話，可能真係有機會成功？

——你太天真喇！唔好唔記得當初係邊個拒絕你。

——拒絕我同而家發生嘅完全係兩回事……

——咁大學見面之後發生嘅一切呢？你覺得佢係真心想幫你？

——我信！嗰晚嘅佢明明……

——明明就有嘢隱瞞緊你，你心裡面應該好清楚……

——冇，佢冇。我只係清楚一點，如果而家先嚟放棄，就會辜負佢嘅一番好意！

「死就死！」天人交戰了半個小時後，我終於下定決心撥打電話。

電話接通後的接駁鈴聲是周杰倫的《開不了口》，看來小璇真的很喜歡這首歌。

——就是開不了口讓她知道，就是那麼簡單幾句我辦不到——

當我興起開始哼歌，結果不慎走音的一刻……小璇接聽了。

「喂……噗！」她噗哧一聲笑了起來，「你唱唱係咪走音呀？」

「冇……咳，妳分明聽錯。」我連忙說道。

神啊，希望我能夠再一次輪迴，讓她忘記了這件事。

「嗯嗯，一定係聽錯啦。做乜咁錯蕩打嚟呀？搞到人哋化緊妝都要匆匆忙忙跑入房拎電話。」

　　曾經有一刻，我還奢望小璇會記得之前發生過的事。但從這個反應就知道，她果然已經忘記得一乾二淨了。意識過來後，無盡的失落和孤寂感又再一次湧上心頭。

「Hello？喂喂？」

「其實我……」

「你唔係想話畀我聽你打錯電話嘛？」

「我……」

「唔好喺度我我我喇！你知唔知我一路用緊睫毛夾一路聽電話㗎？有嘢就直接講！一個大男人講嘢吞吞吐吐咁，冇鬼用。」小璇毫不客氣地說。

「其實係噚晚嘅『妳』叫我今朝一定要打畀妳。」

「吓？」她不解。

　　這之後，我用了大約十五分鐘時間，將濃縮版本的輪迴經歷

解釋給她聽。

「你……而家打電話去青山都仲嚟得切。」小璇聽完後得出了這個結論。

　　果然，沒有受到K房告白事件的影響，加上隔著電話來說明，出來的效果跟之前實在是差天共地……

「嗶，原來差唔多九點，我再唔出門口就會遲到……」

「咪住！睇嚟，我只可以用呢招喇。」

「咩蕉？」

「我知道幾個只有妳自己先清楚嘅秘密，妳聽完之後就一定會相信我。」

「哦？」小璇嗤之以鼻，「咁大口氣，我就聽下你想講乜。」

「妳最鍾意嘅電影係周杰倫嗰套《不能說的秘密》，仲有首主題曲，妳成日聽完都會眼濕濕。」

　　你説把愛漸漸放下會走更遠，又何必去改變，已錯過的時間……

「呢個又點算係秘密喎。好多人都知啦，小佳知、Lily 知、阿豪知、高佬傑又知⋯⋯分分鐘連我哋 Hall 個校工蘭姐都知呀！」

「當然唔係咁簡單。記得唔唱上映嗰陣，妳明明就約咗班朋友睇，但又驚會喺佢哋面前喊到七彩，所以就請假自己偷偷睇咗先⋯⋯」

「你點解⋯⋯」小璇開始感到吃驚了。

「我未講完。」我繼續說下去：「睇到一半嘅時候，妳個肚開始有少少唔舒服，但妳死頂⋯⋯」

「⋯⋯」小璇沉默了。可惜不是面對面交談，錯過了她此刻的表情。

「頂到去最尾，周杰倫同桂綸鎂再次相遇嘅時候，妳終於喊到崩潰，同時個肚都痛到癲咗⋯⋯真係差少少就會喺戲院裡面暈低。」

「停⋯⋯」

「最後發現原來係⋯⋯」

「停呀！唔好再⋯⋯」

「⋯⋯M 到再加埋盲腸炎，嚴重到足足瞓咗兩晚醫院。」

「啊！！！！！！！！！！！」通話另一面的她終於忍不住大聲尖叫。

「肯信未？如果仲係唔信，我可以再講多個……」

「你都講到呢個程度咯，仲點可能唔信喎！」小璇激動地説。

哇哈哈哈哈哈哈哈哈！這種反咬小璇一口的感覺，確實很爽啊。

遺下手機消失了將近十分鐘後，小璇總算冷靜下來說道：「咳咳，我大致上已經理解返成件事。」

「咁我哋而家應該點做好？」我隨即問道，下一刻才察覺自己問得不妥當。

説到底，現在這個小璇終歸不是「昨天」那個。這麼快就向她尋求意見實在有點強人所難。

「我有個諗法，但會令你幾難堪。」然而，她卻這樣回應。

「即係點？」我感到有點不安。

「我想你重複一次自己係點樣表白失敗，最好係完美地咁重現。」

「吓？我唔明，咁做到底有咩意思？」

「我想從我嘅角度，去睇下小娜拒絕你嗰陣嘅情況係點。點講呢……由你口中聽返嚟始終差少少臨場感，想分析就有必要咁做。」

「但我已經失敗咗三十幾次，冇可能每次都重複……」

「唔需要全部。」小璇打斷了我，「最重要係小娜提到『時機』嗰一部分。」

「呢層……等慧娜拒絕完我再追問嘅話，應該冇問題……啩？」我不太確定地說。

「咁就得喇。」小璇滿意地說：「放心，今次有我幫你，一定會好成功咁俾小娜拒絕！」

「唔……」我應該感到高興嗎？

就這樣，重複的一天正式開始了。雖然疲累的感覺猶在，但這次多了一位同伴，心裡面的確踏實了不少。而事實上，在小璇的刻意安排下，看戲還有唱 K 的部分的確很順利，讓我在慧娜面前賺了不少分數。問題是燒烤時的英雄救美部分……

「高佬傑今次未必會發酒瘋……」

「呢段等我嚟。」小璇回應道：「你睇實時間，搭正九點我就會行動。」

為了凝造真實感，所以她一直沒有透露自己會怎樣做。轉眼間來到九時正，小璇看準時間從座位站起來，手中握著一枝插滿了芝士丸的燒烤叉。笑著跟旁邊的朋友交代幾句後，隨即向著我和慧娜這邊走過來⋯⋯下一瞬間，事情發生了。

「吖！」小璇居然在我們面前裝作滑倒，燒烤叉馬上就會傷到慧娜。

「小心！」就像之前那樣，我以最快的速度擋在慧娜面前，「啊！」最後「成功」被燒烤叉擦傷了左手手臂。

「阿楓，你有事吖嘛？」慧娜抓住我的手問道。

我並沒有立即回應，目光亦無法從小璇身上移開。此刻，她跪倒在地上，雖然對我報以微笑，但為了計劃能夠順利進行，她卻因此弄傷了自己兩邊膝蓋⋯⋯

「大姐頭，妳有冇事呀？」有人過來扶起了她。

「冇事、冇事呀！只係流血啫，哈哈⋯⋯」

小璇……為了我，妳居然願意做到這個地步？

鏡頭一轉，我和慧娜再次在彌敦道上並肩而行。而小璇則隨便找個理由暫時離隊，偷偷跟在我們後面……只為了目擊我被拒絕的那一瞬間。

「唔知小璇佢有冇事呢？」慧娜有點自責地說，明明整件事根本與她無關。

「佢唔會有事嘅，啱啱我哋走嗰陣仲見佢行得跳得。」

「你咁諗就錯，」慧娜不同意，「小璇份人係好鍾意逞強。」

由於整體情況早已出現變化，因此我們之間的對話也變得跟之前不一樣。為了帶回去正題，我靈機一觸想到了一個辦法。

「啊……」就是佯裝手臂作痛。

「阿楓，你手臂仲痛緊？」這招果然奏效，慧娜立即緊張地問。

「冇事……」

「真的嗎？（國）」

「唔係，其實真係幾痛。但若果……妳可以俾我瞓住妳隻手，應該就唔會再痛。」

「你、你怎麼突然説些亂七八糟的……（國）」聞言，慧娜的臉瞬間通紅了。

「慧娜，經過今日我終於明白到自己係唔可以冇咗妳……做我女朋友，得唔得？」

　　也許是失敗過太多次，再加上這次被小璇盯著，所以這次告白完全沒有之前的靈魂，本身也沒有期望過會成功。

「對不起。（國）」而事實也毫不意外。

「點解？慧娜……我哋明明就咁投契，又經歷咗咁多嘢。頭先唱K合唱嗰陣，我聽得出我哋彼此之間係有感覺，點可能……」與上次因為被拒絕而心深傷透的我相比，這次的語氣明顯冷靜得多。

「抱歉……（國）」

「慧娜，我唔係想聽妳講對唔住，我係想知道理由，等我可以死咗條心！」

「如果我講出嚟，你一定會覺得我好幼稚、好白痴⋯⋯」

「唔會！一定唔會！」

　　呼⋯⋯總算連接到了。小璇，妳絕對要看清楚啊。

「只可以話係⋯⋯時機問題？」

　　等慧娜乘坐巴士離開後，我馬上就走去跟小璇會合。

「好心你表白嗰陣就畀多少少感情啦。」小璇嘆氣道：「難怪小娜會拒絕你。」

「我之前有㗎！」我照直地說：「只係今次嘅情況太唔一樣。」

「哦？」小璇瞇起雙眼，大概覺得我在找藉口吧。

「咁結果呢？妳觀察到啲咩？」

「唔⋯⋯」小璇思索一會道：「不如我哋行去第二度先？呢度好顯眼。」

説罷，她就轉身走進內街，走路時腳一拐一拐的，看來很吃力。

「妳隻腳有嘢吖嘛？」我忍不住問她。

　　其實我真的有衝動想伸手扶著她，但一想到自己的身份，就打消了這個念頭。

「冇嘢，只係咁行舒服啲嗻，真係冇嘢㗎。」

　　我突然想起慧娜剛才説過：「**小璇份人係好鍾意逞強。**」

「若果妳真係痛，唔好死頂……」

「若果我真係痛，我就會即刻坐的士走人。」小璇打斷了我的話，「唔使理我㗎喇。就算點傷法，輪迴之後都會恢復原狀㗎啦？係咪？」

「嗯……」雖然好像很有道理，但總是覺得有點不妥。

「你應該將思緒放返喺小娜身上。其實我已經有啲諗法。」

「諗到個『時機』係點解？」我問道。

「唔完全係。」小璇皺起眉頭,「從小娜頭先一臉難以啟齒嘅神情睇嚟,佢所指嘅『時機』,當中應該包含咗唔止一個原因。」

「有乜根據?」

「冇喋,純粹係女人嘅直覺。」小璇乾脆地説:「所以,你想成功嘅話,首先要搞清楚晒所有原因,然後一次過解決晒佢。」

「聽落簡直係不可能嘅任務,妳要記住我只係得一日時間⋯⋯」

「如果係咁易呀,而家同緊你一齊行嘅人就唔係我而係小娜啦。」小璇無奈地嘆了口氣。

「咳咳⋯⋯咁妳作為慧娜嘅好姊妹,知唔知佢點解會拒絕我呢?」

「唔⋯⋯」小璇抬頭仰望著天,「小娜係一個會計劃將來嘅人,可能同佢畢業之後嘅決定有關係?」

「會唔會係同夢想有關?我曾經睇過一個故事,裡面嘅男主角一起身發現自己去咗另一個世界。喺嗰個世界,原本嘅女朋友因為追逐夢想而冇同佢一齊。慧娜會唔會都係咁所以拒絕我呢?」

「但以我認識嘅小娜,不嬲都係一個幾實際嘅人⋯⋯你有聽過佢提起自己嘅夢想咩?」

「又好似真係冇⋯⋯」

「所以我覺得未必關夢想事。就算關呀,我相信小娜係有能力喺夢想同愛情之間搵到個平衡點。」

　　我們就這樣不斷研究慧娜拒絕我的各種可能性。起初還是頗正經的,然而愈談就愈起勁,提出的假設也變得愈來愈奇怪,甚至拋出了「慧娜可能是外星人」的想法⋯⋯

「我哋好似開始離題。」良久,小璇終於醒悟過來。

「嗯⋯⋯」我點頭同意。

「啊!」她毫無預兆地叫了一聲,「我突然醒起一樣嘢!明明嗰陣見到係唔覺得古怪,但而家諗返又真係幾可疑⋯⋯」

「可疑?邊度可疑⋯⋯」

「但小娜嘅話⋯⋯」小璇捏著下巴深思起來道:「應該唔會咁做㗎?」

「慧娜佢做過啲咩嘢?」我開始不耐煩。

「不過,每個人都會有佢嘅秘密,就算係小娜都唔會例外⋯⋯」

「咪吊癮啦!」

「喂,阿楓……」小璇凝視著我,接著説出了一個意料之外的名字:「你信唔信得過阿豪?」

「吓?」我不解,「阿豪?關佢咩事?」

「成件事係咁嘅。」小璇開始娓娓道來:「話説上個禮拜六,我無無聊聊咁自己一個出咗去銅鑼灣買衫。但左揀右揀都唔啱心水,仲要俾個超級冇禮貌嘅職員睥足全程。好啦,終於搵到件睇得上眼嘅衫嘞,佢竟然直接話件衫同我身材唔夾喎!嬲到我吖……」

「細節唔使講得咁足啦下話?」我催促道。

「我喺度整理緊成件事!你唔好打斷我!」她怒道:「就係咁,俾人激到成肚火嘅我決定去附近嘅希慎廣場嘆下冷氣,順便去 Apple Store 玩下新嘅 iPhone,再買杯朱古力雪糕食……」

「哦~跟住呢?」我裝作很期待之後的發展。

「虛偽。」但小璇依然不滿意。

「我唔出聲囉。」

「行下行下我上到去誠品書店，本身想睇下有冇咩新嘅插畫繪本可以買。點知突然電話響，原來係藝術中心嘅老師，佢話我之前參加嘅比賽……」

　　我禁不住打了個呵欠，就在我靈魂好像快要飄走的一瞬間……

「……居然俾我見到兩個熟悉嘅背影。再行近望真啲，真係阿豪同小娜喙！」

「咩……」我激動得不小心咬到舌頭，「妳講咩話！？」

「我喺誠品見到阿豪同小娜一齊。」小璇重複道：「因為當時傾緊好重要嘅嘢，見佢哋兩個又好似好開心咁，所以我就冇過去打招呼。到轉個頭傾完電話，佢哋已經離開咗誠品……」

「冇可能……」我舉起手打斷了她，「阿豪同慧娜單獨出街？呢個組合點諗都冇可能……」

「但事實就係咁，」小璇聳聳肩膊，「所以我先問你信唔信得過阿豪。」

「阿豪係我死黨，成個大學生涯我同佢一齊嘅時間仲耐過慧娜，佢冇可能會出賣我……」

「所以，你即係有同佢講過自己係追緊小娜？」小璇繼續追問。

「梗係有！我哋每次提起慧娜嘅時候，佢都會話係『你嘅慧娜』……」

「我曾經遇過一個超級賤男，佢以搶走人嘅另一半同心儀對象為樂，越係親密就越覺得有挑戰性。」

「妳唔好嚇我啦……咦？」我突然靈機一觸，「不如，妳而家試下打去問下慧娜？」

「吓？直接打去問咁奇怪？」小璇很大反應。

「冇嘢嘅，妳同慧娜咁熟，大家又係女人……就算真係出問題，輪迴完都會重新嚟過㗎啦，係咪先？」

　　聞言，小璇不禁翻了個白眼，雖然最後還是願意打過去，但慧娜卻把手機關掉了。

「打唔通。睇嚟係因為啱啱拒絕完你，情緒唔穩定所以唔想比人打擾。」

「可惡……」

「不如掉返轉，試下你打畀阿豪？」小璇提議道：「學你話齋，反正輪迴完都會重新嚟過。」

「呃⋯⋯」沒想到她會用相同的招數來説服我。

「冇人聽。」打了第一次，雖然成功打通，但阿豪卻久未接聽。

「佢哋去咗酒吧嘛。」小璇説道：「可能係太嘈聽唔到，你試下打多幾次。」

　　就這樣，我繼續打、堅持打、不斷打⋯⋯去到第六次的時候，阿豪終於接聽了。

「嘎⋯⋯喂？」阿豪説話時氣來氣喘的，就像剛剛做完劇烈運動一樣。而且背景聲還意外地寧靜，並不像身處在酒吧，「嘎⋯⋯你打嚟做咩呀？」

「你唔係同佢哋去咗酒吧咩？點解周圍咁靜嘅？」我以平常的語氣問道。

「為咗聽你電話吖嘛，大佬！」

「哦，但點解你氣喘得咁犀利嘅？」

「我……」這次阿豪頓了一頓,「唉唔瞞你喇,其實我有急事所以早走咗。」

「咩急事先?唔係唔講得嘛?」

「屋、屋企問題呀,唔方便喺度講。喂,如果冇咩緊要事我就收線喇……」

「係緊要事,關乎到我哋兩兄弟嘅將來。」

「嘩……係咩事咁嚴重呀?」

「有人同我講,話上個禮拜六見到你同慧娜兩個人一齊喺銅鑼灣行街。」

　　說完的一瞬間,整個世界突然靜了下來。我注意到旁邊的小璇露出了緊張的神情,急不及待想知道結果……

「喂,阿豪?」見他沒有回應,我再次主動開聲:「到底係咪有呢件事……」

「咦,下一站金鐘!原來下一站就到金鐘!阿楓,呢度收得好差,我乜都聽唔到,我一陣先打返畀你,拜拜!」阿豪一口氣說完就直接掛斷通話,沒有給我任何回應機會。

「我頂！」聽到熟悉的「嘟嘟」聲後，我不禁咒罵了一句。

「阿豪佢點答？」小璇立即問道。

「佢冇答！條友果然係有古怪！枉我仲一直咁信佢！」

「唔係啩……」小璇看來對結果感到有點意外。

「可惡！」我再嘗試打過去，「佢熄埋手機咗！分明係心虛！」

　　如此舉動令我想起了慧娜。意識過來，我腦海開始飛快轉動，嘗試將所有碎片拼合在一起……

「我明喇……」終於，恍然大悟了。

「吓？」小璇大感疑惑。

「慧娜拒絕我之後，肯定係打咗電話畀身處喺酒吧嘅阿豪。阿豪聽完之後就趕到去慧娜身邊。跟住……阿豪安慰慧娜……得返佢哋兩個……孤男寡女共處一室……」

　　我痛恨自己的想像力，偏偏在這個時候發揮作用。

「氣來氣喘……劇烈運動……」

「喂，你會唔會係諗多咗咋！？」小璇試圖打斷我，「阿豪氣喘可能係趕緊返屋企呢？」

「返邊個屋企先！？」我激動地説：「唔係，無論係邊個屋企都唔得！所以背景聲先會咁靜！阿豪……你個衰人竟然敢瞞住我對慧娜出手……啊啊啊！」

　　小璇突然用力握住我左臂受傷的位置，害我痛得叫了起來。

「你肯冷靜落嚟未？」她放開手問道。

「點可能冷靜？睇住自己鍾意嘅人同死黨喺埋一齊，但又乜都唔可以做嘅心情，妳會明咩？」我反問道。

「我梗係……」小璇本來想反駁，但最後還是打消了念頭，「你聽住，就算阿豪呢刻真係喺慧娜身邊，喺成件事明朗化之前你都唔應該咁快下定論。就算你唔信阿豪，都應該信下小娜啦？」

「唉……呢種明明唔係戴綠帽但又好似戴緊嘅感覺，真係好難受……」

「小娜雖然有丁點兒博愛，」她無視我繼續説下去：「但佢絕對唔係嗰種鍾意四圍收兵嘅女仔，更加唔會拖拖拉拉。如果佢真係同阿豪一齊嘅話，佢一定會直接講出嚟。」

曾幾何時我也有著相同的想法，但現在……

「但而家已經冇辦法搞清楚。一嚟唔知佢哋喺邊，二嚟我一瞓醒又會……」

「咁咪輪迴完先去查囉！呢件事係關乎到你同小娜嘅將來㗎！」

「但我已經唔知點做先好。」這刻我的思緒非常混亂，不知從何入手才對。

「唔……」小璇深思了一回，「試下好似我咁，諗返一啲之前覺得奇怪嘅事。幾細微都好，然後從嗰個方向落手。」

「細微嘅事……妳霎時間叫我諗，真係……咦？」

慢著，確實有一件事曾令我感到疑惑——慧娜手上那本《永遠的0》。

【第四十次輪迴】

跟上前輪迴一樣，這次我先用相同的方式令小璇相信並協助自己。

「如果俾我知道你同其他人提起入院件事⋯⋯死！」小璇嚴正警告道。

「唔會啦，就算講咗佢哋都唔會記得。」

「哼，咁上一個『我』有冇同你傾過今日嘅計劃？」她問道。

「有。首先，阿豪打嚟嗰陣，我會詐病話去唔到活動。」

「呢步我已經開始擔心，」小璇不安地説：「發生咗咁嘅事，你會唔會忍唔住喺電話裡面鬧阿豪㗎？」

「為咗計劃順利，我會盡量忍住。收線之後，如無意外慧娜就會打嚟，到時我會約佢晏晝嚟我呢邊食粥。」

「食粥咁得意⋯⋯跟住呢？」

「跟住就係關鍵，如果我冇估錯。慧娜睇完戲之後應該會先去第二度，呢一個鐘頭我係完全唔知發生過咩事。所以，我希望妳可以跟住慧娜，將佢嘅一舉一動講畀我知。」

「OK，就咁話。」小璇乾脆地答應了。

「我仲以為妳會問我點解唔自己去跟蹤慧娜添⋯⋯」

「因為由我跟蹤嘅話，就算俾人發現都冇問題吖嘛，明㗎喇。」

「果然『大家』都係小璇，諗嘅嘢都係一樣，靠晒妳喇。」

「但如果……真係唔好彩，俾我發現到阿豪同小娜一齊行動呢，到時你會點做？」

「仲使問？捉住佢……切。」我冷冷地說。

「切？」小璇有點吃驚，「雖然你可以輪迴啫，但咁做會唔會過咗火？」

「我講笑啫。」事實上，此刻我正在廚房研究那一把刀比較鋒利。

「你嘅語氣完全唔似講笑……總之，保持冷靜，等我消息，我就到麥當勞。」

　　通話結束後，不消一會兒阿豪就打來了。

「喂，你條死仔仲瞓緊呀？」阿豪的語氣明明就跟之前一樣，但這次總是覺得特別難聽。

「啱啱醒。」我邊磨刀邊回應。

「唔係呀嘛！？你個慧娜都到咗喇，你仲喺喺醒！」

「慧娜喺你旁邊？」

「梗係啦！人地好女仔嚟點會遲到。喂，大姐頭已經買晒飛喇，你唔好諗住……」

「我頭痛嚟唔到，戲飛錢你代我畀住先，拜。」

「吓？喂！」

　　嘟——乾脆收線而不是粗口橫飛，已經可以説是我的最佳表現了。接著果不其然，慧娜馬上就接力打來了。

「早晨，阿豪話你好古怪……」慧娜説道，可以聽到阿豪在她旁邊低聲抱怨著。

「我古怪？佢有口話人冇口話自己。」我盡量保持語氣平和，「我冇事，只係頭痛到就快爆咁……」

「頭痛？咁使唔使去睇醫生……」

「唔使，我啱啱食完止痛藥，應該哟陣就冇事。」我頓了一頓再説下去：「慧娜，不如妳一陣過嚟陪我食午餐囉？」

「吓？」對這突如其來的邀約，慧娜顯然感到有點意外，「但你
唔舒服，我過嚟會唔會唔係幾好？」

「唔會呀！只要妳肯嚟我就會即刻好返，認真！」

「你今天果然很奇怪……（國）」慧娜説道：「好啦，咁你再瞓陣，
等我睇完戲，差唔多出發嘅時候再打畀你。」

　　總算牽接成功，接下來就是漫長的等待了。其實最初還是好
端端的，但慢慢我又開始胡思亂想，腦海盡是阿豪和慧娜一起看
電影時的畫面。

　　話説回頭，有好幾次輪迴阿豪都是坐在慧娜旁邊的，也許這
根本就不是巧合？或者，身處在漆黑的戲院之中，阿豪有偷偷摸
摸地對慧娜做過些甚麼，因為我就在他們旁邊，這給了他無比的
刺激和快感。

「嗚……阿豪……我要殺死你……」

　　難捱的兩個半小時過去後，小璇終於打來了。

「應承我，你出嚟嘅時候千祈唔好拎刀……」她劈頭就説。

「妳嘅意思即係……」我早已換好衣服，準備隨時行動。

「睇完戲之後，小娜話有事要先走。跟住阿豪就話肚痛要去廁所，叫我哋行先，之後先搵返我哋。佢哋前後腳離開，我偷偷跟上去……跟、跟住……發現佢哋兩個一齊上咗一座唐樓……」小璇愈説聲音愈小。

「座唐樓……好似有……時鐘酒店……」

「時鐘酒店咁猖狂！？」我激動得渾身發抖，右手緊緊握住刀柄。

「嗯……仲係時租，四十蚊一個鐘咁平？乾唔乾淨㗎？」

「死奸夫！小璇，畀個地址我，我而家即刻拎把刀嚟捉奸！」

「咪拎刀呀！」小璇喝止我，「更何況你都未同小娜一齊，根本就唔算捉奸！仲有呀，再望真啲，唐樓上面仲有外語學校、補習社……二樓仲有間書店㗎！我記得你話過小娜買咗本新書，其實會唔會……佢哋兩個只係去買書咋？」

「亦都可能係去完時鐘酒店先買。」我冷然道。

「你唔好諗到咁極端啦！總之，你而家即刻趕過嚟。我就唔會上去㗎喇，一陣俾佢哋撞到都唔知點解釋！」

「好，我而家落去截的士……」

「記住唔好拎刀呀！」

　　彷彿上天早已替我安排好一樣，我才剛走出大街就成功截到的士，不消十分鐘就趕到小璇面前。

「佢哋仲未出嚟……等陣先！」大概見我想直奔上樓，小璇搶先一步擋在大門前，再強行奪走我的斜孭袋，「我要先檢查下你個袋！」

「我冇拎刀！」我知道小璇在擔心甚麼，「如果我有帶，一定會忍唔住劈落阿豪個頭度，到時就真係返唔到轉頭！」

「你識咁諗就好。」小璇鬆一口氣，「咦？」但下一瞬間，她卻在袋中發現到某樣物件，「咁呢把鉸剪……」

「嚇、嚇下佢啫……唔得咩？」我用閃縮的眼神回應。

「沒收。」

　　將鉸剪、打火機、辣椒油、原子筆和牙籤通通沒收後，小璇總算願意將袋子還給我。

「好，我而家就上去搞清楚成件事！」

「咪住，諗諗下，我都係同你一齊上去。」

「妳打算點解釋？」我問。

「我自有辦法。況且，你本身都冇諗住畀機會佢哋問問題㗎啦？」

「妳講得冇錯。」我握緊雙拳說道：「好，我哋上去！」

　　說罷，我充滿氣勢地踏上樓梯，一瞬間就到達二樓——樓上書店。

「妳守住門口，我入去望下佢哋喺唔喺裡面。」

「好……」小璇一臉無奈地答應了。

　　踏進書店的一刻，我多麼希望阿豪和慧娜就在店內，至少證明他們在正正經經地看書……除非阿豪十分鐘就「完場」。遺憾的是，他們並不在店內。

「唔喺裡面？」見我死氣沉沉地離開書店，小璇亦不禁臉色一沉。

「我哋繼續上。」我點了點頭，語氣異常地平靜。

　　這下連最後一絲希望都幻滅，惡夢真的化成為現實……待會

兒，我到底應該用甚麼表情去面對他們？

「哈哈，估唔到會咁抵……」

　　而要來的，終歸還是要來。

「嗯，我也想不到！（國）」

　　再往上多走一層後，樓上傳來了兩把熟悉的聲音，我聞聲馬上抬起頭……

「咦！？為甚麼……（國）」慧娜睜大雙眼看著我和小璇。

「阿楓？」而在她身邊的人，正正就是阿豪，「點解你……」

　　他們各自拿著一本書，分別是《告白》及《永遠的0》。這一刻，我總算想通了書名中的暗示——阿豪跟慧娜「告白」後，她就會成為自己的「永遠的0」……

　　哈、哈哈……阿豪你這小子不但有心思，還非常「識食」啊。

「你條友！」想到這裡，我終於按捺不住衝前抓住阿豪的衣領，「究竟瞞咗我幾耐！？」

大概沒料到我會有如此激烈的反應，慧娜嚇得雙手揞住嘴巴。

「喂你癲咗咩？放手先啦……」阿豪笑著說，彷彿事態根本就不嚴重。

「我冇癲！答我呀！你同慧娜究竟瞞咗我幾耐！？」

「阿楓……你全都知道了？（國）」慧娜難以置信地問。

「係！乜都知道晒。我真係冇諗過，咁重要嘅事妳都要瞞住我！」

「對不起……（國）」慧娜低頭道歉。

　　她的這個道歉不但改變不了甚麼，反而讓我更加痛心。也許，上天給予我這麼多次輪迴機會，就是想我搞清楚這點，別再當「水魚」。但我卻足足輪迴了四十次才得悉真相。

「其實根本就好小事，」阿豪說道：「快啲放手啦，你搞到慧娜就快喊……」

「小事？」一聽到這兩個字，我立即鬆開手──但這樣做並不是想就此罷休，只是為了狠狠地賞他一拳。

「停手呀阿楓！」但我這個意圖被小璇看穿了。她突然從後抱住

了我的腰，使我無法順利揮拳。

「妳做咩阻止我呀！？」我驚訝。

「你根本就冇落手嘅資格……況且，我越睇就越覺得當中可能有誤會！」

「哈？」我冷笑一聲，「佢哋都親口承認咗囉，仲有咩誤會？現實啲啦！唔通佢哋上嚟係為咗學外語咩……嘩！？」

小璇毫不客氣地將我拉下樓梯，然後走到慧娜面前，俐落地從她抱著的那本《永遠的0》後面抽出了一張……日語課堂時間表。

「你講得冇錯！我就係認為佢哋去咗學外語！」她挺起胸膛很有氣勢地説道。

「吓？」我愣住了，「唔係嘥？」

「我其實一早就注意到唔妥。阿豪、小娜，畀本書我。」小璇伸出手，接過他們的書後繼續解釋下去：「佢哋呢兩本小説都係日文原版，而唔係翻譯版嚟。」

「咁、」我基本上已經放棄思考了，「咁即係代表啲咩呀……福

爾摩璇？」

「華生，即係佢哋兩個做咁多嘢都係為咗學日文囉！」

「而唔係⋯⋯爆⋯⋯」我不敢再說下去。

「喂，你唔係以為我同慧娜去咗⋯⋯『咩』呀嘛！？」阿豪終於
理解過來。

「甚麼？我聽不懂⋯⋯（國）」幸好慧娜思想純潔。

「乜、乜唔係咩？」這刻我已經徹底失去了氣勢。

「你都黐線！我同佢嚟報日文班係因為⋯⋯」阿豪頓了一頓，望
向慧娜，「由我講好似唔係咁好⋯⋯」

「小娜，阿楓係關心你先會喺度出現。」小璇接著說道：「佢想
知妳係咪遇到咩難關⋯⋯好想幫到妳。」

　　雖然事實明顯不是這樣，但小璇確實說得很動聽，也很有說
服力。

「我、我⋯⋯（國）」慧娜撇過頭去，不敢正視我們。

「妳係咪有咩難言之隱？」

「沒有⋯⋯我⋯⋯（國）」慧娜深深吸了口氣，冷靜下來後再説下去：「我畢業之後要去日本⋯⋯」

「⋯⋯今次一去，應該要三年之後先返嚟。」

　　這就是「時機」的其中一個原因。

THIS DIARY BELONGS TO:

3rd外傳 我的告白失敗日記（網絡遊戲篇）

自從收過倉鼠卡後，我對校內的女生幾乎已經失去興趣。中六那年，在表妹的極力慫恿下，我開始玩起了網絡遊戲，自此沉醉在虛擬世界之中。

猶記得，在某次「公會戰」之後，我遇上了他——「肉男」。從他的角色名字，再加上直腸直肚、大鳴大放的說話方式，就知道他是一位粗獷型玩家，專負責當「肉盾」來承受傷害，跟作為遠攻的我，還有輔助的表妹相當合拍。

這次之後，我們三個成為了非常好的戰友。除了一起組隊遊玩，還經常在網上聊天，甚至連心事也毫無顧忌地照直說。

直到有次，公會會長提議所有團員出來見面聚會兼打公會戰。肉男起初並不太情願，但在我和表妹苦苦哀求下，他總算願意出席。

當晚，我們去到約定地點，見到「肉男」真身的一刻，我真的不敢相信自己的眼睛。原來「肉男」，不但身型不粗獷，而且「他」甚至根本就不是男人。

我從來沒想過，跟自己玩了半年的好戰友，居然是一位嬌

3 _{外傳}rd 我的告白失敗日記(網絡遊戲篇)

滴滴、非常可愛的女生——「小玉」。

「個帳號名……其實係細佬亂改。」小玉如此解釋。

　　得悉「肉男」的真身後，我們的關係並沒有因此而冷卻。反而愈來愈親密，經常三人一起逛街。終於，再過了三個月後，我見時機成熟，就決定約小玉出來當面告白。

「小玉，其實由我知道妳係女仔嗰刻開始，我就知道我同你好有緣分。除咗繼續做戰友之外，你仲可唔可以做埋我女朋友？」

「吓……」小玉聽到後愣住了。

　　為甚麼我每一次告白，對方總是會做出這樣令人不安的反應？

「小玉，妳呢個『吓』，唔會係因為……想拒絕我啩？」我戰戰兢兢地問，彷彿這樣做，就有機會「刷」出另一個結局……

「嗯。」但事實永遠是向著最悲劇的方向發展。

「嗚嗚嗚⋯⋯」這次我終於禁不住流下男兒淚，「小玉，點解⋯⋯唔通，今次又係姊妹卡？抑或好人卡？朋友卡？倉鼠卡？」

「倉鼠卡？」小玉聽不明白，「唔係，我唔接受你⋯⋯係因為⋯⋯」

「⋯⋯我鍾意女仔。」她嬌嗔地說。

!@#$%︿&*( )＿+@!@#%#$%︿&(*

「阿楓，你可唔可以幫手⋯⋯撮合我同你表妹？」

最後，表妹亦果斷地拒絕了小玉的告白。

她一人，傷透了兩人的心。

IV

浪漫手機

浪漫手機

「去日本……三年之後先返……點解嘅？」我茫然地問道。

「大約半年前，爸爸突然決定要去日本嗰邊投資發展。見我就嚟畢業，就諗住全家齊齊整整咁搬過去，順便可以幫佢手。當時我係堅持想留喺香港，所以同佢爭拗咗好耐，最後我哋達成咗個共識——以三年為期限，等我三年後再決定留喺嗰邊，抑或返嚟呢度。」

「所以，妳先要睇日文書、上日文堂？」還有，唱得一首悅耳的日文歌。

「嗯。」慧娜點了點頭，「咁係最好嘅學習方式。」

「咁你幾時出發？」小璇問道。

「半年後。」

「半年咁快？」我難以置信地說：「所以妳先會拒絕我……」

　　而我居然要用如此粗暴的方法來得悉真相。

「拒絕？」慧娜大感疑惑。這反應令我醒悟過來，這刻的她根本從未拒絕過我。

「冇，我只係自言自語……但我真係唔明，點解妳唔肯一早同我講……」

「白痴！」小璇踩腳罵道。

「夠喇。阿楓你跟我落去，等我同你講。」下一刻，阿豪亦出手了，「妳哋兩個留喺度。」

　　我先回頭看了慧娜一眼，然後就跟著阿豪走進下層的書店內。

「死仔，你幾時變到咁蠢？到而家都唔明？」他劈頭說道。

「吓？」

「仲喺度吓？你見唔到慧娜俾你問到眼濕濕咩？」

「我……」他說得沒錯，為了知道真相，我確實忽略了慧娜的感受，「對唔住……」

「道歉嘅說話你留返同佢講。」阿豪無奈地說：「阿楓，其實你心底裡面係好清楚，慧娜之所以瞞住你，係因為佢太珍惜你哋之間嘅關係。佢驚隨便講出嚟會令到呢段關係變質。」

「但佢始終有日都係要講……」

「佢就係等緊一個合適嘅時機。」

「又係時機……」這兩字不禁令我胸口隱隱作痛，「咁點解佢又肯同你講？」

「我有冇同你提過自己中學嗰陣嘅事？」阿豪反問道。

「吓？」我先是一愣，隨即恍然大悟，「啊……」

　　阿豪十二歲的時候，由於父親需要公幹的緣故，所以也去過日本讀了幾年中學。

「……我記得你成日講，好後悔冇同某個日本女仔保持聯絡……」

「呵呵，多得慧娜，我鼓起勇氣搵返佢喇。」阿豪興奮地説：「佢靚女咗好多，而且仲未有男朋友，我下次旅行應該會去搵佢……」

「所以，慧娜會搵你……」

「係因為我識日文，又熟悉日本文化。」阿豪接著説下去：「嗰啲小説呀、歌呀、日文班呀……全部都係我介紹畀佢。」

「而我竟然誤會你係帶佢上嚟開房……誤會咗自己嘅好兄弟。」

「雖然慧娜真係正，」阿豪直率地說：「但喺我心裡面，佢始終係屬於你，係『你嘅慧娜』。」

「阿豪……」此刻的他，就彷彿聖人一樣發光發亮。

「Come on Brother！來擁抱我吧！」阿豪攤開雙手說道。

「好兄弟！」我毫不猶豫地迎上去，跟他來了一次秘密的深情擁抱。

「妖，你哋兩個搞基就死返出去啦！」完全忘了這裡還有書店老闆和客人。

「咳咳，唔好意思。」我尷尬地拉開店門，只見小璇整個人筆直地站在門外。

「你哋頭先……」她用彷彿看見了污穢東西的眼神鄙視著我們，「喺度搞……咩？」

「係兄弟和解嘅擁抱！」我連忙解釋，不禁憶起了第一次告白的慘痛經歷。

「冇錯。」阿豪點頭附和，「雖然我哋嘅關係早已經超越兄弟……」

「後面嗰句冇必要講囉。咦?」我探頭望向樓梯間,問道:「慧娜呢?」

「我叫咗小娜返去先,界時間大家冷靜下。」小璇回應道:「但我已經同佢講明,話你一定會去同佢磕頭認錯,就算俾佢摑十巴都心甘情願。」

「走唔甩㗎喇,兄弟。」阿豪拍拍我的肩膀説道:「但我有樣嘢諗極都唔明,成件事都係阿楓一個人諗歪咗啫,關大姐頭妳咩事?點解你哋會一齊出現?仲有,阿楓你明明話頭痛㗎?點解又會知我哋喺度?」

「呢層⋯⋯」

「唔通⋯⋯」阿豪的表情彷彿洞悉了一切,「係大姐頭⋯⋯」

「其實係咁嘅。」就在最危急的關頭,小璇挺身而出了。

　　腦筋靈活的她,肯定能夠解釋得很好⋯⋯

「嘩!我見到十九才子喺樓上打算租房呀!」豈料她突然指向上方大聲説道。

「真係!?」阿豪立即抬頭望上去,「影到相嘅話可以交界報社

收錢⋯⋯」

　　瞄準著這一瞬間，小璇抓住了我的手，帶著我飛快地逃跑了。

「小璇！？」我大感錯愕，「妳搞咩⋯⋯」

「去到呢個地步仲可以點解釋喝！走咗先算啦！」她邊跑邊説：「更何況，你仲有更重要嘅嘢要做！」

「吓？」

　　不消一瞬間我們就衝了出大街。儘管阿豪沒有追上來，但小璇依然沒有放手，我們就這樣一直跑。説起來，對上一次有類似的身體接觸，已經是中學一起砌模型的時候。相隔這麼多年，小璇的手依然是如此溫暖。還有她的背影，總是能讓我看得入迷⋯⋯

　　不知跑了多久，小璇終於願意放開手，我也總算回過神來問道：「妳話更重要嘅事係⋯⋯」

「我諗到個計劃，但有必要先試一次，你信唔信得過我？」

「唔⋯⋯要試啲咩？」雖然剛才就信錯了她，但仍然無減我對她的信任程度。

「你而家即刻走去同慧娜道歉，然後用我嘅方式同佢表白一次。」

　　當晚，我親身去到慧娜家樓下，總算可以見她一面。至於小璇，就跟之前一樣，躲在某個角落觀察一切。

「對唔住。」我跪在地上道歉，「小璇佢罵得我好啱，我真係一個唔值得原諒嘅大白痴……」

「你起身先啦！」見狀，慧娜立即走上前扶起我。

　　而道歉過後，就是告白的時候了。

「完美地失敗。」

　　事後，我瞇起雙眼看著正在沉思當中的小璇，我對她的信任程度已經顯著下降了。

「我從來都冇話過會成功，成功嘅話我反而會驚。」她聳聳肩道：「我純粹係想試下『為咗我，妳可唔可以留喺香港？』呢句說話會令小娜作出乜嘢回應。」

「結果呢？」

「結果，」小璇凝視著我，「我明白到一點，就係應該阻止唔到小娜過去日本。」

「咁即係……完了吧，如無意外？」聞言，我的心沉了下來。

「未必，我反而覺得呢個係一次機會。」豈料她居然這樣說：「喂，阿楓……」

「……你肯唔肯用三十次輪迴嘅時間去學識日文？」

「學識日文，吓？」我對這個提議感到非常錯愕，「三十次邊有可能學得識？當年靈格風賣廣告都話要三個月啦！」

「有心嘅話係冇嘢做唔到。」小璇說出了她的金句，「況且，又唔係要學到好似真嘅日本人咁，俾小娜覺得你係有決心就得。」

「但點學？自己睇書學一定好慢；上堂嘅話，同一日時間，啲堂來來去去都係一樣……」

「最初可以搵阿豪，或者由我教你都得，我都學過少少日文㗎。」小璇自豪地說：「但之後一定要搵返專業人士教，我識得一位日文老師，啲學生都話佢教得唔錯……」

「咁點解唔一開始就搵佢？」

「因為佢有好多學生，時間表成日都滿。要說服佢即日教你，仲要次次教嘅嘢唔同，呢件事對我嚟講都有難度！」小璇坦白地說：「所以呢，我都可能要用你幾次嘅輪迴時間嚟嘗試說服佢。」

「換句話說，即係妳每次失敗完，我都要提返妳係點失敗……」

「聰明。」小璇點了點頭，「仲要每次都要提我進度去到邊。」

「即係需要解釋嘅嘢會越嚟越多……再係咁落去我真係會黐線。」

「想媾到女就係要付出㗎啦！你只係同其他人有『少少』分別啫。」

「但學嚟其實又有咩意思？妳頭先都話阻止唔到慧娜過去日本……」

「冇錯，慧娜係一定要去日本……但如果你都跟埋去呢？」

「喔！」我終於恍然大悟了。

「以男朋友嘅身份一齊過去，慧娜仲會唔會拒絕你？」

　　大概被小璇的語氣所影響到，這刻我突然充滿了衝勁。

「阿楓，為咗追到小娜，你可以去到幾盡？」

【第四十一次輪廻】

這次醒來，我首先跟小璇交代一切，其後就致電阿豪。

「吓？你又要學日文？」阿豪大感訝異，「點解無端端想學？」

「因為我已經知道咗慧娜要過去日本。」我如實地說：「所以想偷學日文嚟界驚喜佢。」

「唔係嘛？等我哋仲以為瞞得好好……阿楓，你有冇怪我哋瞞住你？」

「冇，咁你肯唔肯幫我？」

「當然冇問題。但今日有馬拉松活動喎，突然放飛機好似……」

「阿豪，你係唔係搵返當年喺日本識嗰個女仔？」

「你……其實係咪俾 X 博士上咗身？」

「哈，我仲知道你打算過日本搵佢。只要你肯而家教我……機票住宿通通我畀。」

「為兄弟，赴湯蹈火在所不惜！我而家即刻飛的出嚟！」聞言，阿豪的態度立即一百八十度轉變了，「就喺當年你俾女飛嗰間自修室等！」

　　嘿嘿，就算作出多大的承諾，輪迴之後也會變回從未發生過，真是方便啊。

　　剛換好衣服準備出門，小璇就送來結果了：「果然唔得，個日文老師嘅時間表真係爆到七彩，連一個鐘都抽唔到出嚟……」

「妳係點同佢講？下次輪迴又打算點做？我想問定先……方便下次轉告畀另一個妳聽。」

「今日都未完！」小璇不忿地說：「總之，我會再試下打人情牌，詳細之後再解釋返。阿楓，你記住畀心機學呀，尤其係一開始嘅五十音……」

　　就這樣，我和阿豪充滿基情的日文課正式開始了。最初我的確充滿動力，只是……

「喂，阿楓你望下，嗰個學生妹好正呀，睇落完全唔似中學生！」

阿豪說道。

「等等，我懷疑對面條女走光……」繼續是阿豪說道。

「我過去同嗰班大學生（女）打聲招呼，你自學一陣先。」依然是阿豪說道。

　　不知道阿豪是容易分心，還是本來就不適合教人。上完他的第一堂課後，我基本上沒有任何得著。大概，慧娜也感同身受，才走去報讀日文班吧？

「阿豪完全唔掂，靠佢嘅話，我輪迴三百次都唔會學得識日文。」當晚，我在電話裡跟小璇訴苦道：「妳呢？」

「都係唔得，個老師份人太固執喇……但用人情牌嘅話，我應該仲可以試多兩三次。」

　　在找到更好的學習方法之前，就只能繼續由阿豪來教，再加上自己不斷努力。如是者，不知不覺又過了幾次輪迴。

【第四十四次輪迴】

「我已經諗唔到仲有咩人情牌可以用。」小璇懊惱地說：「唯有要手段，令到上老師堂嗰班學生全部去唔到，咁就自然會有時間……但首先要查清楚佢哋係邊個。」

「璇醬，奸爸爹！（日語）」我鼓勵地說。

「呢句日文唔使學都識啦。」小璇無奈地笑了，「一齊加油啦，（日語）」

　　起初，我還以為單純為了學習日語而作出的輪迴，肯定會比之前更痛苦。但事實卻並非如此，或者，是因為「每天」都在經歷著不同的事，而不是只為了向慧娜告白。加上……每一次，都總會有她站在我這一邊。

【第四十五次輪迴】

「成功咗喇！」小璇興奮地說，彷彿這關乎到她的終身大事似的，「我同老師班學生做咗朋友！佢哋應承咗讓一個鐘出嚟……」

「太好喇，我已經受夠阿豪喇。（日語）」

「進步神速喎！」小璇稱讚道：「唔得，我都要跟埋一齊學！唔

可以輸俾你！」

　　現在這種感覺，就好像回到中二那年，我和小璇為了同一個目標而拼盡全力奮鬥般。

「地點時間我 Send 短訊畀你。咁到時見啦！拜……」

「喂，小璇！」

「嗯？」

「多謝妳。」我鼓起勇氣將心底話說出來：「我真係好好彩，如果冇妳幫手……我真係唔知點算。」

　　老實說，我從沒想過自己和小璇的關係能夠有如此急劇的變化。明明第一次輪迴的時候，我還在燒烤場上對她發脾氣……

「客咩氣喎！呢啲說話，留返等你成功追到小娜先講都未遲啦！嘻嘻……」

　　我緊緊握著手機，內心有股莫名的躍動。這是長久以來的第一次，我覺得自己不再是行屍走肉，而是真正有意義地「活著」。

【第五十一次輪迴】

　　放棄了阿豪，交由真正專業的老師來教授後，我的日語果然進步神速。

「由呢度開始教冇問題？（日語）」老師問道。

「冇問題，之前嘅我已經學識喇。（日語）」我回應。

「真係？咁等我考下你⋯⋯（日語）」

　　儘管小璇每次都有跟來上課，但因為她沒有輪迴，無法保存記憶，所以我的日語能力很快就追上了她⋯⋯

「老師，你之後會去邊度上堂？」小璇問道。

「用日文問！（日語）」老師嚴厲地說。

「係嘅係嘅⋯⋯（日語）」她苦惱地思考著應該怎樣翻譯。

　　即使再跟不上我的進度，但她也沒有浪費到一分一秒，仍然不斷為我爭取更加多的上課時間。

【第五十六次輪迴】

「搞掂。」見面時，小璇向我比了一個勝利的手勢。

　　終於，來到這次輪迴，小璇成功將日語老師整天的時間安排給我。雖然接近無間斷的學習模式確實不太輕鬆，但我卻意外地相當享受……

「放鬆下啦，香港人。」小璇説道：「不如我哋今晚過銅鑼灣食嘢囉？有間甜品店我想試好耐㗎喇！」

「嗯，妳話事。（日語）」我邊讀書邊回應。

「其實有時我真係幾羨慕你㗎。只要不斷輪迴，就可以免費試晒唔同名店嘅嘢食！」

　　因為，小璇總是可以發掘到輪迴的好處來替我減壓。我們就這樣去了很多地方，試了各種不同的東西。除了放鬆心情，同樣是為了尋找靈感……去準備一次完美的告白計劃。

　　但為了不讓我分心，她堅決不告訴我整個計劃是怎樣，而是將每個想法化成簡單的平假名密碼，要我記下來。

【第六十次輪廻】

「啲平假名好似亂嚟咁，穩唔穩陣㗎？」我不安地問。

「信我啦，我自己諗嘅暗號自己點會解唔開喎。」小璇很有信心地說：「總之，你剩係需要專心學日文，等到適當嘅時候就會開始呢個計劃。」

「妳呀……雖然可靠，但硬係有啲無謂嘅堅持。（日語）」

「你而家即係蝦我唔識聽啫！」

「不敢、不敢……」

「喂，阿楓，呢款耳機好正呀，你拎上手一齊聽下！」小璇將沒有掛在耳上的另一邊耳機遞給我。

　　我有點不好意思地戴上耳機，原來裡面正播放著周杰倫的《開不了口》。

　　就是開不了口讓她知道，就是那麼簡單幾句我辦不到……

「記得第一次輪廻嘅時候，妳就係點咗呢首歌令到我瘋狂咁走音。」

小璇噗哧一聲笑了起來，接著說：「好可惜我唔喺現場呀，錯過咗咁精彩嘅表演。」

「黑心……（日語）」

「呢句我聽得明囉，白痴！」她佯嗔地說：「呢首歌呀，喺好多年前開始就一直係我嘅最愛。」

整顆心懸在半空我只能夠遠遠看著，這些我都做得到，但那個人已經不是我……

【第六十五次輪廻】

再過了幾次輪後，終於來到小璇所指的「適當時候」了。

「好，進入最後直路喇。」這天，小璇將密密麻麻的平假名密碼破解後，如此說道。

這時候我的日文程度，雖然未必足夠長時間在日本生活，但基本溝通還是頗不錯的……至少，告白用的日文已經訓練到接近爐火純青的地步。

「妳個計劃到底係點啫？唔好懶神秘啦。（日語）」我問道。

「你再講日文就唔幫你！」小璇瞪了我一眼，「一陣，我會將成個計劃嘅流程同你講一次，之後就開始準備。」

「準備？點解唔即刻試一次呢？反正有無限次機會……」

「唔得！」小璇反應非常大，「你呀，知唔知自己點解會不斷失敗？係因為你開始唔重視每次表白嘅機會。而每次失敗都會增加你嘅挫敗感，而挫敗感就會令你對自己失去信心，不知不覺陷入失敗嘅連鎖……」

「呃……」無法反駁，因為小璇確實說中了我的情況。

「……所以，你一定要當下次表白係最後一次嘅機會，輸咗就真係 Game Over，冇得重新嚟過。咁先有可能成功！」說到這裡，她用食指戳了戳我的心臟嘅位置，「你有呢種覺悟未？（日語）」

「有，教練！」

　　　最後的戰鬥，由這裡正式展開。

【第六十六次輪迴】

「首先，你要為小娜預備一個驚喜。」

　　小璇根據了慧娜的喜好，度身訂做了一個她絕對會喜歡的「禮物」。但在正常情況下，要由零開始製作這件「禮物」必須要花上一整天的時間⋯⋯

「所以，你要不斷練習，務求要用一個朝早嘅時間完成！」

　　最初聽起來好像是天方夜譚，然而熟能生巧，苦練了幾次後我發現，只要沒發生嚴重差錯，一個早上的確能夠勉強完成。

【第六十八次輪迴】

「唔⋯⋯你咪話過唱 K 嘅陣同小娜好有共鳴嘅？」

「嗯，每次諗返起都非常回味⋯⋯」我閉起雙眼陶醉地說。

「變態。」小璇露出想吐的表情，「所以我覺得晏晝嘅活動你可以照去。仲有，不如你揀一首有特別意義嘅歌，等表白嘅時候唱界小娜聽？」

「有意義嘅歌……」我深思了一回，「……陳奕迅有冇呢？」

「你哋班男仔唔好係又 Eason，唔係又 Eason 啦！」小璇翻了個白眼，「佢咁多慘情歌，唔通唱明年今日、阿牛、張氏情歌咩！」

「咁妳有冇咩高見呢？」我反問道。

「可以試下……」小璇頓了一頓，大概是注意到我瞇起了雙眼，「你呢個眼神係咩意思喎……」

「唔好俾我睇死，妳心裡面一定諗緊周杰倫嘅歌。」

「冇、冇呢回事。」小璇連忙撇過頭，顯然是被我看穿了。

　　結果，我們千挑萬選，總算找到一首大家都同意的歌。再利用這次輪迴的僅餘時間，到 K 房秘密練兵……

「記住，唱之前一定要確保自己開咗聲！」
「係妳……唔係梨！係光……唔係江呀！乜你啲懶音咁嚴重㗎。」
「你、你點會喺呢句走音㗎？再嚟過！」

　　小璇是一位非常嚴格的老師，在她的調教下，我總算將這首歌練到即使上台獻唱也不會出醜的地步……

【第六十九次輪廻】

「禮物同歌都已經準備好，跟住就到表白前嘅最後晚餐。」小璇的眼神相當認真，「係咪揀返你之前同小娜去過嗰間海邊餐廳？」

「嗯，嗰度啲嘢食唔錯、又浪漫、仲喺沙灘隔籬有海景睇……」

「好，聽日我哋一於試下綵排一次，如果計劃一切順利嘅話……」小璇用單手托著下巴，神態彷彿總司令一樣，「再下一次輪廻，就係你正式嘅表白嘅日子。」

【第七十次輪廻】

　　從結論說起，這次綵排算是相當順利。然而做事向來一絲不苟的小璇，就連一些極其細微的位置也沒有放過……

「若果你同小娜可以搭早一班地鐵，餐廳就可以坐到最靚嘅風景位。」

「你落單嗰陣千祈唔好搵嗰位長髮女侍應。佢唔知係咪M到，心

情勁差……」

「嗰件『驚喜』你都係唔好隨身帶住，唔係小娜一定會懷疑。你整完之後可以交畀我放喺屋企先，等夜晚我再帶去沙灘幫你收埋喺表白嘅地方。」

　　終於，一切都以最完美的狀態準備就緒。

　　這晚，我和小璇赤腳在沙灘上散步，她邊踢沙邊說道：「啊……好緊張呀。」

「而家好似係我告白喎……」

「但係將成個計劃諗出嚟嘅人係我，用咗你咁多時間嘅人都係我。」小璇回道：「我而家嘅心情，就好似中二嗰陣，等模型比賽結果公佈前嗰晚咁。」

「哈。」聽到這裡，我不禁笑出聲來。

「咩喎，咁好好笑咩？」小璇緩緩轉身望向我。

「我笑係因為我都有呢種感覺。」

「你都……」

就在這一瞬間，我和小璇互相凝望著對方。她的雙瞳彷彿帶著一股神奇的魔力，使我無法將目光挪開。接著，一幕幕回憶立即湧上腦海——美術室中的告白、大學再遇、咖啡店內聽我訴苦、共用一個耳機去聽歌⋯⋯

「喂，」直到冰冷的海水沖過腳邊，小璇才緩緩張開嘴唇打破了沉默：「講到綵排，好似仲有最後一樣嘢未做？」

「吓？」

「你不如⋯⋯當我係小娜，試下表白一次？」

我整個人愣住了，沒想到小璇會突然拋出這樣一個提議。

「你試諗下，」見狀，她連忙補充道：「你都差唔多幾十次輪迴冇試過表白喇喎，點知會唔會生疏㗎？」

小璇確實説得有道理，「明天」就是最關鍵的一天，絕對不容有失。但是，把小璇當成為慧娜告白？這難度未免太高了吧？萬一又被拒絕⋯⋯不，這只是綵排，才不會失敗⋯⋯

「好！死就死，嚟咪嚟！」終於我選擇豁出去。先深呼吸一口氣，握緊雙拳，嘗試把眼前的小璇轉換成慧娜的形象，然後説道：「小璇⋯⋯」

「係慧娜！」小璇打斷道：「一開始就錯！」

「啊……咳、咳咳！」

　　失敗了，小璇的樣貌依然非常清晰，我甚至能夠數到她雙眼有多少根眼睫毛……

「慧、慧娜……其、其實我……一直……」

「Stop！夠喇！」她舉起手打斷了我，隨即捧腹大笑起來，「哈哈，我玩你咋！點解你會咁認真㗎？」

「吓……？」

「你真係好傻，表白梗係要留畀自己最鍾意嗰個人啦！」小璇笑著擦拭眼角的淚水，「咁先可以做到真心真意。況且……」

　　她轉身背對著我，再次踢了沙一下，這次看來更加用力。

「我驚你試完又會情不自禁咁鍾意返我呀！」

「鍾意妳？吓！？」我反應非常大，「妳就想……見過鬼仲唔怕黑咩！」

「唔知㗎，我咁有魅力，年中不知幾多人同我表白呀。」

「嗯，咁係因為佢哋俾妳外表呃咗啫……（日語）」

「你又蝦我唔識聽！」

　　之後，我們就這樣一直鬥嘴，以輕鬆的心情……踏進決勝之日。

【第七十一次輪迴】

　　一如以往，我被自己預設好的鬧鐘弄醒。為了爭取時間，我隨便換上衣服就出門，打算盡快買好素材，提早完成送給慧娜的驚喜禮物。

　　離開大廈，我馬上掏出手機致電給小璇，然而打了好幾次都沒人接聽。記得之前多次輪迴我都一起床就打給她……沒想到，只是遲了一點就有這樣的分別。

　　當我開始擔心計劃會受到影響的時候，小璇終於接聽了：「喂……點解你會打嚟嘅？」

接著，就是以往的做法——先令到小璇相信我已經輪迴了七十多次，再簡單解釋最近三十次輪迴我們都做過些甚麼，最後將上個「小璇」留給我的平假名密碼短訊給她。

「你等陣先，我需要少少時間解返個密碼。我諗朝早未必幫到你……」

　　果然，我們經歷了這麼多事，要小璇馬上理解過來確實有一定難度。

「冇問題，禮物嗰度我自己搞掂就得。咁我一陣再打畀……」

「喂你唔好收線住！我見到密碼最後，有上個『我』交代落要我一定要同你講嘅訊息。」

「係咩訊息？」

「『我只能夠遠遠看著你……加油，阿楓。』」

　　聞言，我馬上想起了這是《開不了口》的歌詞。雖然想不通她為甚麼會選擇這首歌，但這句「加油」確實讓我感到相當窩心……

　　小璇，我答應妳，這次我一定會成功。

掛斷通話後，我立即按照計劃在 WhatsApp 的活動群組中留言。

【對唔住，突然有急事嚟唔到睇戲。但晏晝活動我會去㗎！】－我

【冇問題，晏晝見。】小璇不消十秒就作出回應。

見大姐頭沒有怨言，其他人當然也不敢說三道四。接著就跟之前一樣，慧娜並沒有在群組作出回應，而是直接打來……

「阿楓，你而家喺街？」慧娜大概是憑背景聲音推斷出來，「我有冇阻到你？」

「冇……咳。」一聽到她的聲音，我當場緊張了起來，「一啲都唔阻，我喺度等緊車好得閒。」

作為決勝負一戰，今天每個細節都不容有失。

「嗯……我見到你喺 Group 度話有急事，有少少擔心所以打嚟……」

「其實都唔係咩急事嘅，只係表妹要我幫佢過觀塘拎團購嘢，唔係就會到期……真係麻煩。」

「原來係咁……」慧娜聞言鬆了口氣。

「慧娜，」我握緊雙拳，準備邁開通往勝利的第一步，「我知道有間海邊餐廳質素幾好，不如今晚我哋去試下囉？」

「吓？」慧娜驚訝，「但今晚……唔係約好咗同大家一齊去燒嘢食咩？」

「信我，燒烤場啲嘢食好唔掂……而且，我係想同妳單獨出去食。」

　　若果慧娜這刻拒絕的話，整個計劃就會完全崩潰。但我知道的……

「嗯，就咁話……但點同小璇佢哋解釋好？」

　　只是吃飯的話，慧娜肯定會接受。

　　買好所需要的材料後，我立即趕回家中動手製作這份「禮物」。雖然時間比起之前更充裕，但畢竟是手工製品，少許失誤也可能會影響進度。因此，為了一切順利，我決定把手機關上，確保自己能夠心無雜念……

「反正，佢哋都係睇戲啫，冇嘢會發生嘅……」

兩個小時後，成品以零瑕疵的狀態提早完成。鬆了口氣的我懶洋洋地打開手機，豈料到自己居然錯過了二十多條短訊。

【你做乜熄電話呀！見字即刻打畀我呀！！！】－小璇

見小璇用了三個感嘆號，我已經心知不妙，這段期間肯定是發生了甚麼壞事。

「唔係咁邪嘛？」沒想到自己的話竟然會一語成讖。

正打算致電給小璇，她卻比我早一步打來了。

「你個大白痴，點解要熄電話呀！？」小璇用責怪的語氣問道。

「我、我想專心少少整禮物所以……發生咗咩事啫？」

「唔唱睇戲嗰陣發生咗好大件事，」小璇的語氣裡帶著幾分無奈，「阿豪抽中咗個單丁位，因為俾隔籬嘅肥仔騷擾，所以忍唔住出手打佢……」

「唔係嘛？佢之前都試過同肥仔坐㗎，嗰陣都冇事……」

「更『唔係嘛』嘅係，原來肥仔係某個社團大佬嘅堂細佬。因為食咗阿豪一拳，所以唔忿氣叫咗一大班人嚟戲院踩場，包圍住我

咃⋯⋯」小璇說到這裡打住了。

「咁跟住呢？」我急不及待追問。

「跟住、跟住⋯⋯」她欲言又止，「個肥仔話，除非阿豪肯陪佢一晚，唔係就唔會放我哋走。」

「⋯⋯」也許是大家都是男人的緣故，我頓時感到背後有一股寒氣，「咁妳有冇出賣到阿豪⋯⋯作為領導、大姐頭⋯⋯」

「我似咁嘅人咩！？」小璇怒聲反問道。

「咁又唔似。同埋照計妳可以打㗎，應該係已經甩咗身⋯⋯」

「咁係因為我醒目，暗中打九九九兼且錄埋音。但無奈嘅係，我哋而家成班人都喺警局錄緊口供。」

「好彩妳喺度咋，如果唔係阿豪就菊花不保⋯⋯咦？」我突然想起一件事，「唔係喎，個肥仔本身就係妳叫㗎！根本成件事又係抽籤遊戲惹嘅禍！」

「咩喎，咁事前我都唔知肥仔有個社團堂哥！」她不服氣地說：「仲有，我都係驚會出現變數先唔敢亂改活動安排啫！點估到會搞成咁喎？」

「妳咁講又好似有道理……唉。」我嘆了口氣,「咁慧娜佢有冇事?」

「小娜冇事,只係有少少嚇親。」

「嚇親……咁計劃肯定會受到影響。」

「睇怕都係。我哋而家成班人都好掃興,同埋好大機會趕唔切去唱 K。或者會改去樓上 Cafe 食下嘢玩下游戲,坐到夜晚就直接揾去燒嘢食。」

「唔去唱 K 嘅話,提升慧娜好感度嘅機會就會少咗……」説到這裡,我拿起了剛剛完成的手製禮物,腦海突然浮起了一個念頭。

「阿楓,你唔係諗住……再輪迴一次嘞?」即使隔著手機,小璇也看穿了我在想甚麼。

「唔使,計劃如常進行。」

　　我會這樣決定,是因為沒有忘記到,小璇曾經説過要把這次告白當成為最後一次……要破釜沉舟才有機會成功。

「但你唔怕之後會出現更多變數咩?」她問道。

「唔怕⋯⋯有妳喺度吖嘛，我相信妳一定可以控制好個局面。而且，我有信心⋯⋯今次一定可以畀慧娜知道我嘅決心係幾大。」

對，今天的我已經跟過去不一樣，絕對不會就這樣輕易放棄。

「好，咁我哋到咗樓上 Cafe 之後我再打畀你⋯⋯」

「跟住就照原先安排咁，妳求其搵個理由行開，落嚟地鐵站，等我將份禮物交畀妳放喺屋企⋯⋯」

「間樓上 Cafe 就喺正我屋企附近，真係啱晒。」小璇接著說下去：「到咗夜晚，我就將份禮物預先收埋喺表白地點，有冇其他問題？」

確認好流程後，我先悉心打扮一下。等待小璇他們到了目的地才出門，轉眼間就到達佐敦地鐵站，找到了小璇的蹤影⋯⋯

「跟我嚟。」小璇見到我就轉身快步向前走，好像一秒也不想浪費。

「上面咩情況？」我好奇地問。

「佢哋而家一班人玩緊『狼人』，暫時睇落一切正常。但你要做好心理準備，一陣我未必每個位都幫到你。仲有，我哋記住要前

後腳返去……」

　　小璇的家果然就在附近，離開地鐵站不用半分鐘就到達了大廈門口。

「咁……我就喺度畀件嘢妳，費時上去喇。」

「我都冇諗過畀你上去，你咪自作多情啦。」小璇接過禮物後說：「況且，揾爸爸而家喺屋企，你上去要解釋不知幾麻煩。」

「咁頭先應該喺地鐵站畀完妳就直接分頭行動啦，反正都係要前後腳……」我無奈地說：「話時話，妳爸爸可能仲認得我喎，中二嗰年妳嘅生日會……」

「Stop！」小璇制止了我提起她的黑歷史，「唔好講咁多廢話，你而家過去搵返小娜佢哋，我將份禮物擺上去……」

　　她說到一半突然打住了，並且瞠目結舌地望向我身後……

「妳撞鬼呀？」見她露出了這樣有趣的神情，我也緩緩轉過身……隨即也被嚇呆了。

「阿楓、小璇……」

受到蝴蝶效應的影響，我們早就無法預料這次輪迴會出現怎樣的狀況⋯⋯

「你們⋯⋯為甚麼會在這裡？（國）」慧娜難以置信地問。

「慧娜，點解⋯⋯」我想，在其他人的眼中，我和小璇現在的呆樣肯定相當搞笑吧。

回想過去三十多次輪迴，我和小璇雖然是朝夕相對，但從來也沒有被別人碰見。怎想到，來到最重要的一次輪迴，才會被最錯、最難以解釋的人撞破。再加上，我和小璇被撞破後的第一個反應，就好像真的有著不可告人的秘密⋯⋯這無疑是最惡劣的情況。

「小娜⋯⋯我哋⋯⋯」跟上次面對阿豪提問時一樣，小璇又再次支吾以對。

明明被黑社會包圍也能夠冷靜報警，何解偏偏會在這種情況下才驚惶失措呢？

「你哋⋯⋯」慧娜尷尬地一笑，裝作自然地說：「如果我打擾咗你哋⋯⋯」

「唔係！」小璇猛地踏前一步，「我同阿楓其實⋯⋯只係⋯⋯」

「咦？璇璇，今日咁早返屋企嘅？」然而，就在這關鍵的一刻，有位婆婆毫無預兆地從我們身邊走過，和藹可親地加以致命一擊，「隔籬嗰個係妳男朋友呀？幾高大靚仔喎……」

　　……

「小璇，這裡是妳的家？（國）」慧娜問道，再將目光放在我身上，「男朋友……（國）」

　　很好，這下水洗也不清了。現在趕去 IFC 天台跳下去還來得及吧？

「冇錯！」小璇突然大聲承認，嚇了我一跳，「我屋企的確喺上面！但小娜妳千祈唔好誤會，佢！」她伸手指向我，「絕對、唔會、冇可能係我男朋友！」

　　聞言，慧娜只是愕然地眨了眨眼睛，不知道是否相信小璇的話。

「至於佢點解喺呢度，其實……」

　　然而兜了整個圈還是回到這一步。為了擺脫這個困境，我決定出手了。

「小璇，冇辦法啦。去到呢刻，只可以將我哋嘅秘密講出嚟。」

「吓？」大概見我態度相當認真，小璇也反應不過來。

「慧娜，記唔記得今朝我喺電話度同妳講過自己點解唔得閒？」

「記得……」慧娜點了點頭。

「喂，你唔通想……」小璇想開口，但我舉起手制止了她。

「其實，我同小璇有個不能說的秘密。佢……」我頓了一頓，「……就係我表妹。」

「表妹？」慧娜睜大雙眼，緩緩重複著：「小璇係你表妹？」

　　雖然這說法連我自己都覺得勉強，但現在確實只餘下這個方法了。

「冇錯。我之所以會喺度，其實就係想畀返團購嘅嘢佢……嘩！」說到這裡，我突然被小璇狠狠踹了一腳，「妳搞咩呀！？」

「搞咩！？」小璇怒瞪著我，「話咗唔可以亂講出去㗎嘛，表哥！」

　　原來如此……不愧是小璇，接得非常好！

「冇計啦，表妹……但就算俾慧娜知道都冇問題㗎？我哋識咗咁耐……」

「咁又係，小娜佢一定會幫我哋隱瞞呢個秘密。」小璇很有信心地說。

多靠小璇如此出色的回應，「偽裝表兄妹大作戰」的可信程度瞬間大幅提升。倘若被真正的表妹看到這幕，她就算呷醋起來我也不會感到意外……

但慧娜的話，會不會就這樣輕易相信呢？

「但我記得阿楓你係天蠍座，而小璇係白羊座……你哋又同年，」慧娜開始分析起來，「照計小璇應該係大過你先係……咁點解會係表兄妹？而唔係表姊弟？」

「啊……」果然，馬上就被抓到錯處了。

「係習慣問題！」小璇連忙解釋：「我哋由細到大都叫錯，既然改唔到口咯，咪乾脆咁叫落去囉……」

「係！冇錯！就係咁……習慣嘅嘢真係唔係想改就改到，哈哈……」我和應。

「哈哈，真係蠢喇我哋，哈哈哈⋯⋯」「係囉哈哈哈⋯⋯」

「嗯，我明白喇。」

　　見慧娜終於點了點頭，我和小璇總算鬆了口氣。

「係呢，小娜妳唔係喺 Cafe 度㗎咩？點解無端端行嚟呢度嘅？」小璇乘勢轉個話題。

「係咁嘅，我驚銀包嘅錢可能唔夠，所以落咗去銀行撳錢。跟住，我醒起附近有間幾出名嘅外語學校⋯⋯」

「哦，」小璇聞言立刻恍然大悟，「嗰間！」

「我見順路，就諗住去望下有冇咩課程唔讀，結果就遇到你哋嘞⋯⋯」說到這裡，慧娜突然雙手合十道歉：「小璇，對唔住！希望妳唔好怪我活動嗰陣擅自走咗去做其他嘢⋯⋯」

「傻啦！點會呢？」小璇揮了揮手，「我咪又係咁⋯⋯仲俾妳見到呢個咁尷尬嘅場面，希望妳唔好同其他人講就真。」

「我⋯⋯」慧娜望了我一眼，「⋯⋯當然唔會。」

「咦！」小璇看來想到了甚麼鬼主意，「係喇，既然小娜妳要去

睇外語班，咁不如……」她用力將我推前，「……同我呢個白痴表哥一齊去睇啦！」

「吓？」慧娜驚訝，「但咁樣會唔會唔係幾好？」

「不知幾好。小娜，我同妳講，」小璇忽然認真起來，「嗰座大廈品流不知幾複雜，成日都有風化案發生。千祈唔好以為日光日白就冇事呀，班臭男人就係專揀冇防範嘅女仔落手！」

「不是吧？（國）」慧娜不安地説。

「所以，有佢喺妳身邊肯定安全得多！學頭先嘅婆婆話齋，雖然唔靚仔，但都叫做高大嘅……」

「個婆婆明明就唔係咁講。」我無奈地望向小璇。

「做人唔好咁執著啦，表哥……」她俏皮地單眼一眨，「一於咁話啦，你哋去睇外語班。至於我呢，就返去 Cafe 搵返其他人。」

　　透過這一瞬間的眼神交流，我已經理解到小璇的目的——只要陪慧娜去外語學校，就可以避過 Cafe 危機四伏的團體遊戲。同時，又可以爭取時間提升好感度……這無疑是一石二鳥的良計，真不愧是我的（偽）好表妹。

跟小璇簡單道別後，我和慧娜開始結伴前往目的地，然而走了還不夠一分鐘，她就突然止住腳步跟我說：「阿楓，既然小璇講到咁危險，都係唔去比較好。」

「有我嘛。」我挺起胸膛，盡量表現到非常可靠的樣子。

「但係⋯⋯」見慧娜顯得有些為難，我當然明白箇中原因。

　　沒錯，這個時空的她並未向我交代前往日本的事，自然不希望跟我一起去這些有可能接觸到問題核心的地方。

「好啦，既然妳唔放心，咁就唔去啦。」所以我並沒有堅持，「其實我都有少少驚嗰班變態會連男人都唔放過。」

　　聞言，慧娜不禁抿嘴一笑。雖然破壞了小璇一番好意，但我知道這個決定是正確的。

「咁我哋而家係咪返返去 Cafe 度？」我問道。

　　本來，我已經有心理準備要面對 Cafe 可能出現的各種變數。

「咁又唔好。」豈料到慧娜居然會這樣說：「阿楓，你咪話過今晚會出去食飯嘅，不如⋯⋯乾脆藉呢次機會，喺食飯之前周圍行下囉？」

「行下？」我對慧娜這個大膽的提議感到很意外。

「如果你唔想⋯⋯⋯」

「唔係，梗係想，求之不得啦！」我真誠地說：「但呢度附近又好似冇乜嘢行，妳畀少少時間我諗下先。」

「唔一定要行嘅。或者搵個地方坐下，飲下嘢都可以⋯⋯」

「啊，」我突然靈機一觸，「慧娜，如果妳仲有興致嘅話，不如去唱 K 囉？」

「唔⋯⋯」慧娜想了一下，「我係有興趣，只係怕⋯⋯」

「怕啲咩？」

　　場景一轉，我和慧娜已經去到附近的某間卡啦 OK 場。

「先生，對唔住呀。我哋個場暫時 Full 晒，要去到夜晚八點先有位。」店舖職員如此說道。

　　果然被慧娜說中了。由於這天是復活節假期，我們又沒有預先訂位，所以 K 房早就滿場了。記得之前某次輪迴我和慧娜也試過兩人單獨去唱 K，大概因為那次提早許多出發，所以很幸運還

有一間空房吧？唉⋯⋯真是人算不如天算。

「等我試下打去其他場睇下有冇房。」心有不甘的我正想拿起手機⋯⋯

「算啦，我諗情況都係一樣。」慧娜卻阻止了我，「搵得嚟都已經夜晚。」

「可惡！早知就起身即刻訂房，如果可以再嚟多次⋯⋯」

　　不行，明明說過要把這次輪迴當作最後機會的，不可以再有這種念頭⋯⋯

「再嚟多次？」慧娜疑惑。

「冇、冇嘢⋯⋯慧娜妳有冇咩特別地方想去？」我嘗試將話題拉回正軌。

「其實⋯⋯」慧娜不好意思地笑了笑，「⋯⋯我有樣嘢想試好耐，但又一直唔敢自己去，同一大班人去又好驚會出醜。」

「同我就唔怕啦，咁到底係乜嘢？」

「溜冰。」

場景再轉，我和慧娜來到一間設有溜冰場的大型商場，這次總算有空位不用吃閉門羹。説到溜冰，雖然這麼多年來只是斷斷續續玩過五次，但一些基本功也算是掌握得到，亦甚少會摔倒。因此，我毫無疑問會比起看來是第一次溜冰的慧娜強……

想到這裡，我開始覺得這是一次加分的好機會。首先，溜冰本來就是一個非常好的社交活動。只要其中一方是初學者需要教導的話，變相就是大大增加身體接觸的機會。

而且，深明「吊橋效應」的我很清楚，溜冰場的存在本身就是一座吊橋。只要在慧娜站不穩身子，害怕到心跳加速的時候伸出援手，再細心指導……她肯定會覺得我非常可靠和有安全感，嘿嘿。

「我好緊張呀。」穿著溜冰鞋的時候，慧娜有點興奮地説。

「嗯，我都係。」幸好她注意不到我在偷笑。

把溜冰鞋穿好，正打算出發的一刻，小璇傳來短訊了。

【好彩你哋臨時話唔嚟咋！現場所有男仔都俾人玩得好慘，無一倖免。你同小娜而家點？】－小璇

「慧娜，我要覆個短訊。妳心急嘅可以出去先，但記住要捉緊牆

邊……」

「知道啦！（國）」

　　【我哋本來諗住唱Ｋ，但冇房結果就嚟咗溜冰。慧娜好似係新手，今次無疑係我嘅表演機會。】－我

　　送出訊息後，我把握時間滑入溜冰場，然後在入口附近尋找慧娜的身影……

「咦？去咗邊？」

　　沒想到她居然不在這裡，甚至不在牆邊，而是……身處在溜冰場正中央。

「阿楓，我喺呢度呀！」慧娜邊説邊揮手。

　　只見她流暢地穿梭於人群之中，高速地溜了整個場一圈後，開始華麗地合攏手臂自轉數圈，接著表演了一次高難度的勾手跳，最後停在我面前。整件事一氣呵成，絲毫沒有失誤──十分滿分。

「阿楓，我溜成點呀？」慧娜問道。

「哈、哈哈……」我只能用僵硬的笑容回應她的表現。

就像嘲笑我的天真一樣，小璇的下個短訊來了：

【你嘅表演機會？笑死人咩！你唔知小娜嘅媽媽曾經係職業花式溜冰選手咩？】－小璇

同一大班人去又好驚會出醜⋯⋯哈，慧娜，妳實在太謙虛了。

「咳咳⋯⋯慧娜，乜原來妳咁勁㗎？」我問道。

「邊度勁呀，」剛剛奔馳完的她顯然感到非常暢快，「我只係細個成日去睇媽媽嘅比賽。間唔中跟佢去溜下，但對上一次已經係六年前嘅事喇。」

「六年前，但妳嘅水準仲保持得好好呀⋯⋯」

「唔⋯⋯個感覺其實同踩單車差唔多，只要熟習咗身體就自然記得點溜。」

真的是這樣嗎？事實上，剛才踏進冰場的一刻我已經有少許失平衡。慧娜顯然是深得她母親的遺傳，生來就有溜冰的天分，才能夠說得這麼輕鬆。

「頭先妳話唔敢自己㗎，我仲以妳係初哥㗎⋯⋯」

「哦。因為我以前去嘅場都係冇咩人,所以怕呢度人多會唔小心撞到人嘛⋯⋯」慧娜有點不好意思地説:「咁你呢?」

以慧娜的技術,肯定能看穿我有多少斤兩吧?看來只能如實作答了。

「勉強,叫做行到啩?」

「咁⋯⋯如果你唔介意,不如等我做你嘅教練?」見慧娜主動地伸出手,我沒有任何猶豫就作出了回應。

結果,在這兩個小時裡,我倆幾乎全程都是手牽著手。有時嘗試加速失去平衡,慧娜也會迅速幫我調整過來,又會細心教導我怎樣滑得更快⋯⋯

啊,慧娜妳真可靠,在妳身邊真有安全感⋯⋯啊啊,想不到我才是最受吊橋效應影響的人。雖然整件事的發展跟我想像完全相反,但出來的結果總算也不錯⋯⋯總之,真的很快樂。

「下次我哋再嚟過囉?」交還裝備的時候,我這樣跟慧娜提議:「都係兩個人。」

即使已經過了一段時間,我仍然能感覺到慧娜雙手所留下的觸感⋯⋯如此地溫柔。

「嗯……」雖然點頭答應，但從慧娜有點落寞的神情，我看得出她正在想日本的事。

　　離開溜冰場後，我們坐了差不多一個小時車程，總算來到我和小璇一致好評的海邊餐廳。因為比預訂時間提早了不少到達，所以能夠坐到風景最好的位置。

「出面好靚。」慧娜陶醉地說。

「今晚天色好好。細心啲應該可以見到天狼星，冇記錯係呢邊……」我指向天邊說道。

「真的耶！（國）」她驚嘆不已。

　　當然啦，這個餐廳除了環境好，還有其他特別的地方。

「唔該！」我刻意避開那位心情不好的長髮女侍應，找了另一位男侍應，「我想問，今晚係咪有復活節套餐？」

「係，除咗有四人餐，仲有……」他瞧了慧娜一眼，「應該會幾適合你哋嘅情侶套餐。」

　　沒錯……特別之處，就是這個情侶套餐。

「慧娜，呢個套餐睇落幾唔錯喎，啲嘢都幾啱我哋食。」

「但係⋯⋯我哋唔係情侶有冇問題㗎？」慧娜壓低聲問道。

「放心。小姐，正常情況下我哋係唔會檢查嘅。」男侍應微笑道。

「正常情況？」慧娜感到疑惑。

　　見男侍應打算解釋，我搶先一步開聲：「咁一於叫呢個餐啦？我已經有少少肚餓喇。」

「嗯，」慧娜點了點頭，「個甜品睇落都好吸引，就咁話啦。」

　　幸好慧娜沒有追問下去，不然就會失去驚喜。回歸正題吧，這個情侶套餐不但味道出眾，還會有表演者從旁拉小提琴，而最特別的地方⋯⋯

「恭喜晒呀！」吃到甜品的時候，一位餐廳經理突然來到我們面前笑著說：「先生、小姐，因為你哋係呢個情侶套餐推廣期內第214對顧客！所以我哋有份禮物送畀你哋。」

「我真係恭喜你哋呀。」經理旁邊的長髮女侍應有點敷衍地說。

「禮物？」慧娜很意外，相反我就表現得相當從容。

　　因為我和小璇曾經來過這裡視察，所以知道甚麼時候入座才會成為所謂的「第 214 對顧客」。

「至於係咩禮物，就會視乎你哋嘅情侶表現而定。」經理繼續說下去。

「情侶表現？即係點？」我裝作不知道，好奇地問。

「最簡單就係擁抱一下，咁今餐你哋就會有半價優惠。當然仲有其他做法，但若果想要最『重磅』嘅大獎……」經理頓了一頓，故作神秘，「我會建議你哋即場 Kiss 一下。」

　　所謂的「重磅」大禮，就是一晚包食宿的豪華遊艇之旅。記得那一次輪迴，我和小璇見證另一對情侶得到了這份大獎，還決定當晚立即享用，心裡面確實是非常羨慕。

「哈，但就算係我哋中呀，要我即場錫你都係冇可能囉。」當時小璇如此說道。

「就算妳肯我都唔受呀，咁委屈……」我最後被她狠狠踹了一腳。

　　但慧娜呢？她到底願意做到哪種地步？若果順利的話，躺在遊艇上看著星空告白……這肯定是最完美的發展。

「阿楓，怎樣做才好？（國）」慧娜顯得有些不知所措。

「我其實邊樣都 OK……無論係簡單定係複雜嘅方法。」我大膽地
説。

　　但這無疑是痴心妄想。以慧娜的性格，接吻簡直就是天方夜
譚啊。

「嗯……」豈料到，慧娜聽了我的回應後，看起來居然不太抗拒。

　　見狀，我本來打算主動出擊，但更意外的發展卻在之後……

「咁樣……」慧娜邊説邊把臉湊上前。

　　我們互相凝視彼此的雙眼，她誘人的嘴唇變得愈來愈近……
咦？

　　就在雙唇快要接觸到的那一瞬間，我腦海突然清晰地記起了
一個畫面──當時，在海旁的時候，小璇也是這樣主動給了我一
個……吻？

　　下一刻，嘴唇的觸感傳來了！不過是在我的左側臉頰……慧
娜在最後一刻選擇吻在我的臉上。

「抱歉。（國）」慧娜通紅的臉上帶著幾分歉意，「我都係唔夠膽⋯⋯」

「使、使咩道歉呢？都係玩下啫！」

「哈，真係可惜啦。但就算錫面獎品都算唔錯嘅，首先係全單免費，另外再加⋯⋯」

　　這刻，其實得到甚麼禮物已經不重要，我唯一在意的是剛才腦海所浮現的畫面。之前，我經常會說服自己。就算小璇真的有這樣做，也只是為了賭一鋪，想藉著最大的衝擊來使我擺脫輪迴⋯⋯但現在我終於明白到，願意做到「這一步」，真的需要很大的覺悟。

　　想到這裡，我下意識掏出自己的手機，螢幕顯示了數個未讀訊息⋯⋯全都是小璇傳來的。

　　【你份禮物我已經收埋咗。我會喺附近睇住確保冇其他人發現。】
　　【情侶套餐嗰度一定要順利呀！放膽去錫小娜啦！】
　　【知你唔得閒睇短訊㗎喇，加油呀！】

　　我用力握緊手機，彷彿這樣做就可以讓混亂的思緒恢復平靜。

【今次唔成功就唔好再搵我喇！】

　　離開餐廳後，我按照計劃帶慧娜來到附近的沙灘漫步。大概受到剛才的事影響，我們之間的氣氛多少變得微妙起來。這段路程我們所說的話不多，慧娜大部分時間都在仰望星空，而我就在漆黑中尋找「禮物」的蹤影……

　　雖然大約知道收藏在甚麼位置，小璇亦有加上標記。但現在終歸是夜晚，又不想令旁邊的慧娜起疑，所以整個搜索行動確實有一定難度。

　　呼……幸好皇天不負有心人。這次總算沒有出意外，我成功找到標記了——是一枚螢光貝殼。小璇事前先將「禮物」收藏在沙中，再將這枚貝殼放在上面。

「慧娜，不如我哋喺度坐下咯？咁就可以食埋盒蛋糕佢。」

　　這盒蛋糕也是剛才的獎品之一，另外還送了一枝味道看來不錯的香檳。

「嗯，好呀。」

「妳等等先……」我拿出一塊毛巾鋪在沙灘上，「坐得喇。」

「咁細心嘅。」慧娜嫣然一笑,優雅地坐在上面。

　　這當然了,因為「昨天」已經綵排過一次啊。

「哈,應該嘅。」我跟她並肩而坐,接著打開了蛋糕盒,「睇落應該幾好味。」

「同感,但係⋯⋯」慧娜露出遺憾的神情道:「如果,我哋頭先真係 Kiss 咗嘅話⋯⋯」

「唔好諗喇,都過咗去略。其實都係綽頭嘢啫,肯定唔會話特別好。」

「咁又係⋯⋯」

　　見到她的表情,我又怎好意思說「真係 Kiss 咗嘅話,我哋呢刻已經身處遊艇上面」呢⋯⋯

「我唔客氣喇。」慧娜拿起其中一塊蛋糕,嘗了一口後說:「嗯!真係好好味!」

「咦係喎,呢嚿都好得。係朱古力味嚟。妳試唔試下?」

「好呀。」慧娜想也沒想就湊過來吃了一口。雖然這樣做等於間

接接吻，但她倒是不太介意，「你又試唔試我呢嚅？」

「梗係試啦！」

　　我們就這樣一人一口，最後嘗遍了各種不同的味道的蛋糕。雖然沒了遊艇之旅，但像現在這樣兩人靜靜坐在沙灘上面，邊看夜空邊吃蛋糕，其實也算是相當不錯啦。

「啊，好飽呀！」慧娜舉起雙手滿足地說：「今日咁放肆，唔跑返幾日步都唔得喇。你哋男仔就好啦，唔需要擔心呢樣嘢。」

「妳咁講令我諗起我表妹。佢成日都話要減肥，但一見到好嘢食就忍唔住……」

「你指小璇？」慧娜問道。

「啊……」慘了，我所指的其實是真正的表妹，「係呀，係小璇，嗯。」

「明白。」慧娜淡然道，然後換了個屈膝的坐姿。

　　我正想開口問她是否覺得冷，手機卻傳來了震動——是小璇的短訊。

【你好地地做乜提表妹呀？快啲入正題啦！明明唔唔氣氛咁好！】

　　見狀，我驚訝得立即四處張望。既然能夠偷聽我們的對話，那麼小璇應該藏身在附近才對……但我卻找不到她的蹤影。

「發生咩事？」慧娜疑惑地問。

「冇嘢，哈哈……」

　　雖然小璇的存在令我感到有點不自在。但她說得對，我應該把握機會行動了。

「其實呢……」沒想到，就在我打算挖禮物的一瞬間，慧娜突然冷不防地說：

「……我知道小璇唔係你表妹。」

THIS DIARY BELONGS TO:

_____

_____

_____

4 th/外傳 我的告白失敗日記（自修室篇）

中七那年，我幾乎把全副精神都放在高考上，連投入了很多感情和時間的網絡遊戲也狠下心腸放棄了。當然，亦沒有花時間在女生身上。

記得有段時間我經常會跟表妹（她當年需要應付會考）一起到自修室溫習。但慢慢我就發現到，以表妹的「巴喳」性格，在她旁邊想專心溫書基本上是不可能的。所以，為了提升效率，我開始甩掉她，獨自轉到另一間自修室溫習。

正因為這樣，我遇上了她——Jessica。

那天，我注意到坐在旁邊的她，居然和我一樣在圖書館借了《當代設計與藝術》一書，藉此展開了漫長的對話。我們一見如故、相逢恨晚……

原來，她之所以會來自修室，是為了完成大學的一份報告。

「但喺屋企做又專心唔到喎，唯有嚟呢度啦。」

身為大學生，她的年紀理所當然比我大。但年齡的差距並不影響我們之間的投契。那次見面之後，我們交換了聯絡方式，

經常都會相約一起到自修室。話題亦不限於藝術範疇，幾乎是無所不談。而經歷過高考的她，有時也會主動幫我補習。

「你唔可以因為 Art 一科肯定攞到高分就滿足，其他科都好重要。」Jessica 認真地說。

在她的教導下，我所有科目也有了顯著的進步。而同一時間，我們之間的距離亦變得愈來愈近。

原來 Jessica 的家庭背景相當複雜，幾年前她的父母離婚，雖然法庭判她和親弟弟一同歸母親撫養，但她的母親卻在不久之後遇上車禍離開人世。不想跟父親同住的她，決定和弟弟兩個人搬出來。為了交租，她一人身兼數職……

得悉她的家庭狀況後，不但沒有影響我對她的感覺，反而變得更強烈。也許是因為我即將步入成年，覺得男人是有義務去保護女人吧？終於，在高考應試前夕。我鼓起勇氣約了 Jessica 出來，打算在自修室跟她告白。

記得當日，Jessica 拖著一位看來只有兩三歲的小男孩來到我面前。

「咦，呢個小朋友係？」我好奇地問。

「佢其實⋯⋯」她看來有些不好意思。

「啊！」我突然恍然大悟，「我知喇，佢就係妳細佬！哈哈，等我之前仲一直以為佢十幾歲咻⋯⋯」

　　當刻，一心想告白的我並沒有注意到任何不妥，還繼續說下去：「我知道突然約妳出嚟係好唐突，但我真係有件好重要嘅事想同妳講⋯⋯Jessica，我鍾意妳，妳可唔可以同我起埋一齊？」

　　Jessica聞言立即瞪大雙眼，嘴巴形成一個近乎完美的「O」字。

　　很好，這次終於不是「吓？」⋯⋯所以我決定乘勝追擊。

「我知！我哋年齡有別，係人哋所講嘅姊弟戀，但我一啲都唔介意，亦都唔會介意妳有咩背景。我答應妳，我一定會考上一間好大學，將來搵份好工，好好照顧妳同埋細佬⋯⋯」

4th 外傳　我的告白失敗日記(自修室篇)

　　我注意到 Jessica 流下了兩滴豆般大的淚水。起初還以為自己成功感動了她,即將邁向幸福的人生……

　　「對唔住,我係唔可以同你一齊。」沒想到她居然果斷地拒絕了。

　　「Why!!!!!! God whyyyyyyyyyyyyyyyyyyyyyyyyy!?」我激動得大喊起來。

　　「因為、因為……」Jessica 垂低頭,一臉難以啟齒的樣子。

　　「我肚餓喇……媽媽。」結果,小男孩無意中代她回應了。

　　「吓?媽媽?」我呆了。

　　「其實,我已經結咗婚……」

　　原來,當初 Jessica 之所以願意搬出來住,是因為她和另一位事業有成的男人奉子成婚——而這個「子」,就是眼前的小男孩。

「我一直唔敢同其他人講真話，係因為我個仔實在太細……驚會影響到我嘅大學生活。」

「即係妳話自己身兼數職……」

「全部都係假，所以先有咁多時間嚟自修室。但係，阿楓……有樣嘢係真……」

　　這次，換作Jessica鼓起勇氣，向我投下最震撼的核彈。

「……我一直都當你係我學生，我真係好想教好你㗎！」

　　哈哈哈……人妻卡還不夠嗎？還要送我一張師生卡……哈哈……嗚……

　　結果，高考第一天我就慘敗收場，因此考不上第一志願。至於Jessica？據聞她當上了某大學的助教，與丈夫和孩子過著幸福快樂的生活。

V
龍捲風

龍捲風

「妳一早已經知道？」我難以置信地問道：「小璇唔係我表妹……」

「嗯，我之前喺 Facebook 見過你真正表妹嘅留言。」她用雙手抱著膝蓋，繼續説下去：「雖然你表妹都好可愛，但佢根本就唔係小璇。」

　　可能我有其他表妹呢——我有一刻想過這樣回應，但最後還是打消了念頭。既然慧娜已經看穿了這個謊言，更多的藉口也不可能圓謊。

「咁點解……晏晝我講出嚟嘅時候，妳唔即刻踢爆我？」

「因為，」慧娜看著我説：「我見到你哋當時嘅反應，就覺得你哋應該係有原因先咁做，所以先冇追問落去。」

　　更直接地説，就是她不想令場面變得尷尬，才沒有當場踢爆……真是溫柔啊，慧娜。對比之下，我這個混蛋應該立即鑽進沙中別再獻世。

「對唔住，我呃咗妳。」我道歉。

「我冇嬲，真㗎。」慧娜直率地説：「只係……有少少好奇你哋點解咁做啫？」

聞言，我才醒悟到自己仍未失敗，一次逆轉機會其實就在眼前⋯⋯！

「慧娜，我哋之所以咁做，都係因為⋯⋯」意識過來，我開始猛挖旁邊的沙，不消一會就挖出一個木盒，「⋯⋯呢盒嘢。」

　　我戰戰兢兢地打開木盒，裡面就是我苦練多時的心血結晶⋯⋯這刻終於面世了。

「一本書？」慧娜見到後一臉不解。

「其實真相係，小璇知道我想畀驚喜妳，所以決定助我一臂之力。晏晝嗰陣，我本來係想將呢本書預先交畀佢，等佢幫我收埋喺呢個沙灘，咁妳就唔會喺之前就察覺到唔妥。」説到這裡我無奈地笑一笑，「但結果，明顯係完全失敗。」

「原來係咁⋯⋯」她點了點頭，「呢本書係為我而整？係咩嚟㗎？」

「妳有冇睇過立體書？」此刻，我就像魔術師一樣，先展露自信的笑容，再緩緩翻開書的第一頁。

「嘩！」見狀，慧娜立即驚喜得掩住嘴巴，「這是⋯⋯（國）」

打開後，書中的 LED 燈立即發光。內裡藏好的「機關」同一時間彈起並外擴張延伸，最後形成一個立體畫面——背景是一間圖書館，一個個書櫃的前面，坐著一對可愛的男女。

「這是我們？（國）」

「Q 版。」我解釋道：「但時間關係所以唔算畫得好好……」

確實不容易啊，要由零開始，畫、剪、黏貼、加上 LED 燈，再確保沒有出錯，單靠信念是不夠的，一定需要不斷練習。但老實説，要我再來一次，我也沒有信心可以做得比這次更好。

「唔係，」慧娜搖搖頭，「畫得好似……好可愛，真㗎！」

「呢頁，係模擬我哋第一次喺圖書館對話嘅場景。」

「嗯，好懷念。」慧娜感觸地説：「係咪仲有第二頁㗎？」

接著，我一邊翻頁，一邊解釋之後的幾幕——在圖書館中偷吃東西、收到慧娜手製的情人節朱古力、兩人一起去踩單車、還有曾經走過的大街小巷、兩人獨處的時光——我注意到慧娜看得非常感動，淚水已經快要奪眶而出……

其實不單只她，就連我也有股莫名的感動，明明是自己的作

品啊。大概，最重要的從來都不是這份禮物的品質高低，而是找到一位正確的人一起分享當中的喜悦。

　　終於翻到倒數第二頁──這頁所展示的畫面，是我和慧娜兩個手牽著手，站在一個迷你版的日本上。

「呢度……」慧娜難以置信地看著我。

「呢頁開始，係我對未來嘅盼望。」

「盼望？但點解會係……日本？」

「因為……」我深呼吸一口氣：「我已經知道妳會去日本，一去仲會去三年咁耐。（日語）」

　　聽見我說出一口流利的日文，慧娜當場震驚得說不出話來。

「自從我知道咗呢件事之後，我就開始努力學日文，為嘅就係呢一刻。（日語）」

「為、為甚麼？（國）」慧娜語氣帶點抖震地問。

「慧娜，我已經做好晒覺悟要同妳一齊過日本。或者妳會有疑問，點解我會願意做到呢一步。其實原因好簡單……（日語）」

説到這裡，我翻開書的最後一頁。這頁只有簡單的兩顆心，分別寫著我和慧娜的名字。接著，我打開手機的音樂程式，播放周杰倫《星晴》的純音樂版……

「乘著風，遊盪在藍天邊，一片雲掉落在我面前……（國）」我順勢開始唱起來。

　　手牽手，一步兩步三步四步，望著天……
　　看星星，一顆兩顆三顆四顆，連成線……
　　背對背默默許下心願，看遠方的星是否聽的見，它一定實現。

「因為我鍾意妳，為咗妳，我乜都願意去做。」

　　終於，把整首歌完美地唱好後，我正式跟她告白了。

「慧娜，妳可唔可以畀機會我，等我一直陪喺妳身邊？無論去到新環境之後會變成點，開心都會一齊分享、傷心亦會一同分擔……做我女朋友好嗎？（日語）」

　　雖然這天有不少失誤，計劃明顯趕不上變化。但我始終沒有放棄，不論最後結局如何，也可以説是無悔了。接著，就只能等待慧娜的答覆了。

　　小璇……在旁目睹一切的妳，覺得我這次能夠成功嗎？

……

　　我們兩個就這樣互相凝視了一段很長的時間。終於，慧娜忍不住落下了兩行淚水，同時用日文回應我：

「對唔住。（日語）」

　　對不起——由於這句日文實在太簡單，所以我沒可能聽不懂。

　　失敗了嗎？二十多次輪迴所下的苦功，沒想到最終還是化為烏有。想到這裡我不禁閉起雙眼，這刻的心情，用「絕望」來形容已經算是輕描淡寫……

「但對不起的意思，並不是拒絕。（國）」豈料到，慧娜的聲音居然再次響起。

「吓？」我愣住了。

「其實我、我只是……還未做好心理準備。而且，有一件事情我很想確認清楚，所以……（國）」

「所以……」

「你可不可以……給我一晚時間考慮清楚？（國）」

這刻，我腦海不禁閃過以往多次告白的片段。慧娜幾乎每次都是斬釘截鐵地拒絕我，唯獨這次⋯⋯終於得出了一個不一樣的答案。

然而，這個答案仍然不算是 Happy Ending。

「考慮一晚？」我不敢相信地重複著。

「嗯，我應承你，」慧娜邊擦拭淚水邊説：「聽日我一定會畀個真正嘅答覆你。」

在正常的情況下，我肯定會猛點頭説「好」，無奈我的情況明顯不「正常」。估計慧娜所指的一晚肯定不會是四時四十四分之前。換句話説，我很有可能在得到答覆之前又會再次輪迴⋯⋯

「可以嗎？（國）」

雖然只是猜測，但倘若真的是這樣，豈不是會浪費一次大好機會？慧娜，既然妳選擇考慮而不是拒絕。即是説妳心裡面的確想跟我在一起，只是差一個關鍵條件⋯⋯

「妳話想確認清楚一件事，係咪唔講得畀我聽？」我試探地問。

「嗯，」慧娜撇過頭去，「但呢件事⋯⋯對我哋嚟講係好重要。」

可惡，腦海一片空白，已經再想不到其他辦法了。

「阿楓……都好夜喇，我哋不如走囉？」她站起來說道。

我彷彿已經預見到，自己又會被九時正的鬧鐘弄醒……不，還有最後一著！

「慧娜！」我猛地站起來，語氣強烈地說：「我仲有件事情想同妳講！」

「係？」慧娜怔了一下。

雖然之前說過「這招」是一把雙面刃。但來到這一步，只能夠豁出去了。

「其實我……」

——天然弄人大海不能容，頭上那顆孤星心上種——

就像計算好時間一樣，手機鈴聲突然響起來打斷了我的話。

「係咪有人打畀你？」慧娜指著聲音來源問道。

「妳等等……」

我本來想乾脆關掉手機，但一看見螢幕所顯示的名字便打消了念頭——是小璇？理性告訴我，她會急著在這刻打來肯定是有原因的，所以我最後選擇了接聽：「喂？」

「唔好講出去。」小璇劈頭就說。

「吓？」

「仲扮傻？唔好將你輪迴緊嘅事情講畀小娜知呀！我知道你打算咁做！」

「我……」

「你知唔知咁做係好蠢㗎？就算你講完可以令到小娜接受你表白……而我知道佢係一定會！」她激動地說：「但你哋嘅關係就會因為咁變到以同情做基礎。愛情唔應該係咁，你同小娜兩個唔應該係咁！」

「我明……」我忍著內心的痛楚說道：「妳而家講嘅嘢我之前都有諗過，但係……妳唔清楚……」

「我清楚。」小璇堅定地說：「我好清楚你而家嘅痛苦……阿楓，我仲有辦法幫到你……」

「……相信我。」

　　大概是不想回程路上氣氛變得尷尬，所以慧娜選擇了單獨坐巴士回家。

「咁夜真係唔使我送妳返去？」等車時我多次問道。

「唔使喇，我記得呢架巴士係直接到我屋企樓下。」慧娜微笑道：「阿楓，多謝你呢本立體書……我一定會好好珍惜佢。」

「嗯。」

　　目送慧娜離開後，我一個人回到去沙灘……小璇說過會在這裡等我。

「咦，你到嘑？」

　　因為時間已經很晚了，所以整個沙灘已經沒有其他遊客。此刻，小璇正赤腳站在淺水位置，抬頭仰望著星空，海風不時吹拂起她的秀髮。這景象美得像一幅迷人的水彩畫……

「咁夜妳就唔好一個人企喺度啦……真係危險㗎。」我有些擔心

地説。

「我冇同你講過我練開泰拳咩？」她的表情並不像在開玩笑，「若果有男人不懷好意咁行埋嚟，我就會一腳……」

「得得得！」見小璇好像想一腳踢過來，我立即制止她，「唔使搵我試嘅。」

「哈。」她笑著把右腿收回，「你今日表現都算唔錯呀。」

「若果真係唔錯，慧娜就唔會話要考慮……」

「至少佢未拒絕你。」小璇嘆了口氣説道：「你呀，可能識得諗啲得意嘅計仔去追女仔。但你永遠唔識得去理解下女人嘅諗法。」

　　我知道，小璇為了顧及我現在的心情，已經稍微修飾過這句説話的用詞。

「所以，我咪每次告白都失敗收場囉。」我無奈地説：「係嘞，有樣嘢我一直諗唔通，想問妳好耐。」

「嗯？即管問。」小璇俯身把雙手放在水中，「嘩……好清涼！」

「妳頭先係點聽到我同慧娜講嘢？明明妳根本就唔喺我哋附

近⋯⋯」

「哦，我瞓咗喺沙入面嘛。」她笑著説。

「唔好講笑啦。」

「呵呵⋯⋯其實係咁嘅，我喺你裝立體書嗰個木盒裡面放咗一個偷聽器。」

「喔，原來係咁。」我點了點頭，「頭先真係注意唔到。」

「咦？」見我反應有點平淡，小璇倒是感到意外，「我仲以為你聽完一定會大嗌『咩話？偷聽器！妳幾時裝㗎？』諸如此類嘅反應㗎。」

「反應簡單得濟對唔住囉。」我無奈地説：「其實，只要企喺妳嘅角度去諗，就會明白呢個偷聽器係有必要裝。如果冇妳提醒，表妹大話被識破嗰刻我已經玩完⋯⋯」

「但講到尾，表妹嗰度我都有責任。」她説道：「如果我考慮得周到啲⋯⋯」

「傻啦⋯⋯嗰陣邊有人會估到慧娜會突然出現？」

「唔係咁，」小璇搖了搖頭，「我話我有責任，係因為我曾經喺小娜面前提起過你。小娜咁好記性，實可以藉嗰次對話聯想到我哋根本唔係表兄妹。」

「唔係嘛？」這次我確實感到驚訝了，「妳到底同佢講過啲咩？」

「哈哈，呢層⋯⋯」小璇以笑來掩飾尷尬，「你應該唔會想聽返。」

「即係壞話啦？」

「咳咳。總之，你畀個機會我補償返。而家十一點半，距離四點四十四分仲有五個鐘，你仲有希望。」

「但妳打算點做？」

「我⋯⋯」小璇用深邃的雙眼望著我。

　　在月光的照顧下，她的表情⋯⋯竟然讓我不自禁地想起「那一吻」。

「⋯⋯會直接去搵小娜。」

「吓？」我先是一怔，接著問道：「你直接去搵慧娜⋯⋯咁會有幫助咩？」

「點會冇？」小璇反問道：「你試諗下，小娜啱啱俾人表白完，個心一定係好亂，七上八落。如果呢個時候有人出現喺佢面前，幫佢冷靜落嚟，整理下思路，咁對件事一定有正面幫助。」

「妳咁講又好似有道理……只係，而家咁夜，妳未必可以叫到佢出嚟。」

「呢層你唔使擔心，我有辦法㗎喇！」小璇自信滿滿地説：「總之，我哋先坐車返出去旺角，你留喺嗰度等，而我就去搵小娜。到時記住要眨實手機，準備好隨時行動。」

「好，」我立即檢查手機電源，下一秒卻感到有不妥，「咦……咪住，即係妳唔打算俾我聽妳哋講咩？」

「白痴，梗係啦！」她理所當然地説：「女人傾偈男人唔可以偷聽係常識㗎！仲有，萬一你唔小心俾小娜發現，咁就真係直接Game Over ！」

「唔……」

「你咁嘅樣，唔係唔信我嘛？」

「我信。」我幾乎是立即回應：「講真，比起信自己，呢一刻我更加相信小璇妳。」

「吓？」

　　就在這一瞬間，我和小璇的眼神再次互相對接。但只是一秒即逝，她馬上就垂低頭，望向我腳下的沙灘……

「嘩！」她好像注意到甚麼，突然大吃一驚，「有隻大蟹喺你對鞋上面，準備爬上腳呀！」

「唔係啩！嘩！？掉唔走呀！妳仲喺度笑！？救命呀！」

　　慘叫聲夾雜著歡笑聲……我們就是這樣，以輕鬆的姿態迎接最後的挑戰。

　　回到旺角後，我和小璇立即分頭行動。雖然已是凌晨時分，但街頭仍然相當熱鬧，當中不乏一些狂歡完畢或者預備下場的年輕男女。

　　見狀，我才想起阿豪他們應該也離開了燒烤場，這個時間大概身處在附近的某間酒吧。究竟小璇是用甚麼理由脫離大隊來協助我呢？

　　我想，無論是甚麼理由也好，多少也會影響她「大姐頭」的

聲響。倘若，我真的能夠和慧娜成功在一起，結束輪迴，這個影響就會永遠存在下去。

對啊，小璇確實為我付出了很多，也從沒要求過甚麼回報——想到這裡，她在沙灘時的表情又再次清晰地浮現在腦海，久久揮之不去。

漫無目的地走了將近一個小時後，手機鈴聲終於響起……小璇打來了。

「你知小娜屋企喺邊度可？」小璇壓低聲線問道：「確實嘅位置。」

「當然知，妳而家喺邊度？慧娜喺妳隔籬？」我急不及待地問。

「我哋喺附近嘅糖水舖，小娜佢去咗洗手間，返嚟埋完單就走喇喇。」

「咁結果呢？」

「我唔肯定……總之，我再同佢傾多陣，你而家即刻截的士去定小娜屋企樓下……哇佢出嚟喇拜拜！」她連忙收線了。

既然目的地就在慧娜家樓下，應該一開始就叫我到那裡等啊？我有些無奈地把手機收好，隨即到附近馬路截的士。在路上，

我和小璇依然不斷互傳短訊。

【小娜啱啱送咗我上的士，轉多個街口我就會叫司機返轉頭。你到未？】－小璇

【未到，但應該差唔多。】－我

【咁慢喋！算，趁呢個時間，要諗定你哋一陣見面第一句應該點講。】－小璇

短訊往來多數十次後，的士終於到達了目的地。下車後，我立即趕到慧娜所住的大廈閘門前，戴起耳筒，裝作已經等了很久……未幾，慧娜就出現了。

「點解……」慧娜一開始雖然驚訝，但馬上就想通了，「係唔係因為小璇？」

她的確很聰明，但小璇也不是省油的燈，早就預料到會有這種情況。

「係，」所以她叫我這樣回應：「係佢叫我喺度等妳，唔玩乜嘢偶遇、唔玩乜嘢緣分遊戲，而係玩堅持。慧娜……」

說到這裡，慧娜突然舉起手打斷了我，道：「阿楓，其實我

同小璇傾完之後，已經諗得好清楚。」

　　諗得好清楚——這五個字實在令我感到非常不安。莫非，終歸還是失敗了？

「我之前……真係好幼稚。」她搖搖頭，繼續説下去：「因為一件曾經發生喺自己身邊嘅壞事。令我每次去到關鍵嘅時候都會選擇逃避，唔敢行前一步。」

　　她所指的，應該是初中時被朋友出賣的經歷吧？

「慧娜……」

「我從來都冇認真諗過，呢份幼稚可能會令我錯失好多嘢。尤其係錯失一個……我呢世人都未必有機會再遇到嘅人。」

　　在毫無預兆的情況下，慧娜突然衝上前緊緊摟抱著我。

「所以，我的答案是『願意』，我願意當你的女朋友！（國）」她激動地説：「只要，你還接受……我這個又煩又笨的女生……（國）」

「我……」半響後，我總算從衝擊中反應過來，「我當然接受。慧娜，我愛妳。」

我漸漸感受到慧娜身體所傳來的溫度，一陣喜悅的暖流瞬間
竄遍全身。我想，很多人窮一生精力，也只是為了找到這份幸福
的感覺吧？

「我也是！其實從很久以前，我已經非常喜歡你……（國）」

　　而這刻，我找到了。

　　正當我打算閉上眼睛，好好享受這段美好時光之際，居然被
我注意……原來小璇一直站在對面馬路的一支燈柱下，默默地注
視著我們。當小璇察覺到我在看她後，她緩緩張開嘴巴，無聲地
向我傳遞了一句話：

　　祝你哋幸福快樂。

　　是不是因為我太過熟悉妳，才會知道妳在說甚麼？

　　祝福過後，小璇給予我一個溫柔的微笑，最後轉身走進黑夜
之中。

　　我和慧娜就這樣一直擁抱著，顯然大家也不知道應該何時放
手才好。直至有住戶遛狗回來經過我們身邊，才總算尷尷尬尬地

鬆開手。

「你哋可以繼續㗎喎。」這位大叔笑著說，隨即加快腳步與愛犬走進大廈裡面。

「哈哈⋯⋯」等他離開後，我嘗試用笑聲來打破尷尬，「攬咗咁耐，搞到有少少熱㗎。」

　　慧娜撇過頭沒有回應。縱使燈光昏暗，仍然可以見到她害羞得滿臉通紅。

「嘩，原來已經差唔多兩點！」我瞅了一眼手機後說：「咁夜我就唔阻住妳休息⋯⋯係嘞，冇記錯聽日都係假期㗎，不如我哋搵個地方行下咯？」

　　根據過往經驗，慧娜是絕對不會拒絕的⋯⋯何況她現在已經是我的女朋友。

「不如，」然而，她的回應卻是我意料之外，「上嚟我屋企？」

「吓？」我呆了。

「其實，我爸爸媽媽趁假期呢幾日去咗日本，打算預先視察下環境⋯⋯所以，而家屋企係冇人喺度。」

「而家……」我不禁吞了吞口水。

我沒有聽錯吧？一向保守的慧娜，居然會主動邀請我到她家中作客……小璇啊，妳到底跟她談論過甚麼？這變化實在太大了吧？

「嗯，」慧娜羞澀地點頭，「如果你想嘅話，而家上嚟都可以。咁我哋就有成晚時間可以好好咁傾下……我有好多嘢想同你講。」

見她鼓起勇氣向我伸出小手，我這樣也拒絕的話就真的不配做男人了。

如是者，我繼成功拍拖後，又立即增添多一個成就——第一次到女朋友家中。簡單跟我介紹過大廳的格局後，慧娜就帶我走進她的房間，兩人一起坐在床上……

雖然是孤男寡女共處一室，但我和慧娜並沒有「更進一步」的意思。當然啦，我不會虛偽地說自己沒有任何遐想。只是我很清楚慧娜，她真的只是想跟我促膝長談一整晚，沒有其他想法。

嘛……來日方長，我相信總有機會的。

我們就這樣一直談，由相識那一天開始，談到去遙遠的將來。

「不如，去到日本之後，我哋自己租間屋住囉？」慧娜提議道。

「但我上網睇過啲相，啲屋其實都唔係好大，張床分分鐘細過呢張……」

「咁到時，你咪自己一個瞓地下囉！」她偷笑道。

「哦，原來妳係咁殘忍嘅！」

「呵呵。」

　　或許，是經歷了七十多次輪迴的緣故，所以這刻的幸福感覺也好像放大了七十倍。

「阿楓……」不知聊了多久，慧娜突然把頭靠在我肩上，疲倦地閉上眼睛，「我哋可以好似而家咁，都係多得小璇咋。」

「嗯。」

　　不知道小璇此刻身處在甚麼地方？已經回到家中？抑或重新加入了阿豪他們？

「係呢，慧娜……小璇到底同妳講咗啲咩，令妳回心轉意？」我好奇地問。

慧娜並沒有回應。我偷偷瞧了一眼，原來她已經累得睡著了，但臉上仍然掛著幸福的笑容。

見狀，我小心翼翼地將她安放在床上，蓋好被子後才緩緩離開床邊。拿起手機一看，原來已經是凌晨四點半。很快，我就會知道自己是否成功擺脫輪迴。

來到最後關頭，我突然很想跟一個人分享此刻的心情。這個人並不是慧娜，而是一直陪我走到現在的小璇。

但這個時間，倘若她身處在家中，那很可能已經睡著了⋯⋯想到這裡，我下意識地打開了 WhatsApp⋯⋯

咦？

雖然沒有任何新短訊，但卻被我注意到小璇的狀態是「輸入中⋯⋯」換句話說，她還未睡著，仍然記得四時四十四分對我尤關重要！

反應過來後，我不再猶豫馬上致電給她。大概是知道時間所剩無幾，所以我開始緊張起來，心撲通撲通地跳得非常快。

「喂？」響了大約兩聲後，小璇接聽了。

「喂，妳未瞓呀可？」聽到背景傳來歌聲後，我立即明白這條問題是多餘的。

「梗係未，我返返去旺角同大家會合。佢哋轉戰咗去樓上酒吧，貪呢度有得唱 K，可以盡情發洩……」

「唔怪得咁嘈啦。」

「我已經行開咗嘿喇……咁你呢？」小璇反問道：「你個邊咁靜，返咗屋企嘩？」

「事實上，我係去咗慧娜屋企。」我照直說。

小璇意味深長地「唔……」了一聲，再繼續說：「你哋兩個發展得咁快，睇嚟好快就有喜酒飲喇！到時記住要搵我做伴娘喎，話晒係我一手撮合你哋。」

「妳諗多咗喇，我哋只係傾偈咋……傾到中途慧娜就瞓著咗，真係咩都冇發生到。」

「哦，原來你專登打嚟就係為咗曬恩愛！我唔係咁想聽囉……」

「當然唔係，我打嚟係為咗多謝妳。」

見時間只餘下五分鐘，所以我也不再轉彎抹角了。

「有次輪迴妳曾經同我講過，話等到我同慧娜一齊嗰陣先多謝妳都未遲⋯⋯呢刻終於到喇。小璇，妳呢個大恩我將來一定會報⋯⋯」

「咪傻啦，報恩⋯⋯而家咩年代呀？」小璇笑著說：「況且，你同小娜本來就係兩情相悅，只係差一個契機，我只係咁唔有能力幫手推一把啫⋯⋯點都好，你哋而家終於一齊咗喇。假如你真係想報恩嘅話，就應承我要好好咁對小娜，令佢成為呢個世上最幸福嘅女人。」

「嗯，」最後一分鐘了，「我應承妳。」

「你仲覺得唔夠嘅。咪過到日本之後，每個月寄啲手信畀我囉。」

「但日本手信多數都係零食喎，妳唔驚⋯⋯」

「你同我定！我本身嘅體質就係食極都唔會肥！」小璇自豪地說。

「係咩？我記得妳中學同屋企人去完澳洲之後重咗差唔多十⋯⋯」

「Stop！」她阻止我說下去，「你個大腦到底咩構造㗎？淨係記埋呢啲無聊嘢！」

「哈哈哈⋯⋯」我開懷地大笑起來，幸好沒有弄醒慧娜。

終於，伴隨著歡笑聲，時間踏入四時四十四分。有那麼一瞬間，我還擔心自己會再次頭暈起來，並且無法自控地閉上雙眼⋯⋯

但結果，甚麼也沒有發生。

「我冇暈到⋯⋯」我用力握緊手機，仍然不敢相信這個事實，「⋯⋯冇事喇，我終於成功擺脫咗輪迴！」

「嗯⋯⋯太好喇。」

經歷過七十一次輪迴，三十多次告白失敗後。雖然終於恢復了「自由」，但這刻我卻感到整件事很虛幻、很不真實⋯⋯大概，現在就只有她才能夠告訴我這一切都是真的。

「小璇，我哋可唔可以唔收線住⋯⋯再傾多陣？」

「只要你唔嫌我呢邊嘈嘅話⋯⋯」

雖然隔著手機看不到她這刻的表情，但我卻不自覺地，將剛才她在燈柱下所展露的那份溫柔笑容，跟現在劃上等號。

「⋯⋯我會一直陪你傾落去。」

【小璇視角】

結果，我們不知不覺又再聊了超過半個小時。

「小璇，妳聽落可能會覺得我好傻。但我有時真係有種感覺，覺得妳係陪緊我一齊輪迴緊。」

「係好傻呀，我梗係同你一齊輪迴緊啦！」

「吓？」

「因為，之前咁多次輪迴嘅『我』，依然一直存在喺你腦海裡面嘛。」

「哦，妳咁講都啱。」

「喂，阿楓……其實我……」

「嗯？」

「……都係冇嘢喇！高佬傑行緊過嚟搵我喇。辛苦咗咁耐，你好好休息下啦！」

「妳都係⋯⋯咁再聯絡啦，拜拜。」

「嘟」一聲掛斷通話後，我終於可以鬆一口氣。倘若不是用這個藉口來結束對話，再這樣下去，我肯定會按捺不住將心裡面的說話通通說出來。

「佢個大白痴⋯⋯點會一直都意識唔到⋯⋯」

　　唉，其實我也是天字第　號大白痴⋯⋯根本就沒資格說別人。

「喂，大姐頭返嚟喇！」「時間啱啱好！」「仲以為妳又走咗呀！」

「吓？」我對眾人的反應表示驚訝，「咩事？」

「呢首歌呀，妳點㗎嘛！小璇。」

「啊⋯⋯嗯。」我望向大銀幕，隨即恍然大悟。

　　這是我最喜歡的一首歌。每次外出，抑或心情不好的時候，我也會第一時間點這首歌來聽。唱K也不例外，雖然幾乎每次都會點唱，但我卻從沒有機會親口唱給他聽⋯⋯

「咻，你哋靜啲啦，畀大姐頭唱！」「加油呀！」

為甚麼偏偏是這個時候？

「才離開沒多久就開始擔心今天的你過得好不好。整個畫面是你，
想你想的睡不著……」

　　果然上天就是愛作弄人啊……分明是想借這首歌來嘲笑我的
愚蠢。

「我的快樂是你，想你想的都會笑……」

　　為甚麼……你的樣貌、你的聲音……總是在我的腦海中揮之
不去？

「沒有你煩我有多煩惱？」

　　夠了……我已經……不想再記起你了……

「愛才送到，你卻已在別人懷抱……」

　　我明明……是真心希望你和小娜能夠幸福的……

「就是開不了口讓他知道……」

　　但這一刻，我真的很痛。

「……嗚……」

已經再唱不下去，也再無法強忍淚水。

心……很痛。

【阿楓視角】

跟慧娜正式拍拖後的第一天是怎樣過的？

「你醒嚟？」

首先，當我睡醒睜開眼睛後，馬上就送來她那天使般的笑容。這一幕，再次讓我肯定自己已經擺脫了輪迴。

「嗯，仲發咗個好好嘅夢。」

之後，慧娜親手為我炮製一份豐富的愛心早餐，包括滑蛋香腸、厚西多、招牌台式奶茶——入得廚房出得廳堂，這就是我的完美女朋友。

吃到一半，電視突然播放迪迪尼的廣告。結果一下心血來潮，

我們決定吃過早餐就立即出發。

　　迪迪尼之旅的詳情就不多說了。簡單來說就是「幸福」，這天人流並不多，整段旅程都過得很順暢。在周圍甜蜜氣氛洋溢的驅使下，我成功牽到慧娜的手，還拍下了我們成為情侶後的第一張合照。

「呢張相我一定會印返出嚟做紀念。」慧娜看著相機螢幕說道。

「吓，乜原來而家仲會有人肯曬相出嚟㗎？」我笑著問。

「我啊！（國）」慧娜毫不害羞地說：「數據可能會一下子消失晒，只有印出嚟先可以永久保存。而且，我一定會叫你喺張相上面畫啲特別嘢，要做到獨一無二㗎。」

　　晚上，我們離開迪迪尼回到市區，吃過晚飯和糖水後。見時間不早，看來終於到離別的時候了……

「咁聽日見啦。」到達巴士站的時候，慧娜微笑道。

「但我哋好似上唔同嘅堂……不如晏晝一齊出去食嘢？」

「呢層當然啦！」

說到這裡，我和慧娜不自禁地凝視著彼此，兩人心中都充滿著不捨。當刻，我突然意識到，原來我們這一整天也未曾試過「那一件事」。

認為現在是合適時機的我，鼓起勇氣將臉朝慧娜湊過去……

「啊，巴士到喇！」但慧娜居然在最後一刻撇過頭，「再唔上就要等好耐……阿楓，聽日見啦！」

又是巴士！為甚麼總是要壞我好事！？

轉眼間，又到了另一天（四月二十三日）。雖然和慧娜相約好一起吃午飯，但我還是想在之前先跟她簡單碰個面，好解我的相思之苦。

「你呀，成個大細路咁。」見我雀躍地走過來，慧娜無奈地笑了笑。

「咦，妳呢袋係咩嚟？」我好奇地問。

「哦，我嚟學校之前行咗轉街市。」她向我展示購物袋中的食材，「諗住今晚返屋企試下整甜品，咁聽日就可以畀你試食。」

「係咩甜品先？」

「是‧秘‧密。（國）」慧娜故作神秘地說，這表情加語氣簡直是甜死人不償命。

回到課室，經歷過前天瘋狂的馬拉松活動，我原先還以為阿豪他們會維持著狂熱和興奮的狀態。豈料到，映入眼簾的卻是⋯⋯

「一片死寂？」

整個課室明明就坐滿了學生，卻靜得像守靈堂一樣。每個人的樣貌都非常憔悴，就像遇上了甚麼不幸的事情似的⋯⋯

「發生咩事？」我坐在阿豪旁邊問道。

仔細地環視四周一遍後，我注意到小璇居然不在課室裡。記憶中她從未有缺席過任何課堂，也甚少會遲到⋯⋯

「吓？你唔知咩？」阿豪訝異道：「咦係喎，你同慧娜嗰日偷偷走咗去所以唔知道⋯⋯」

「到底咩事啫？」我開始有種不祥的預感。

「嗰日好大鑊呀。我哋咪去咗樓上酒吧嘅，中途大姐頭自己行開咗大半個鐘。一返嚟唱歌，唱到一半就突然大喊起上嚟⋯⋯」

「喊⋯⋯你指小璇？」我嘗試確認清楚。

「仲有第二個大姐頭咩？」阿豪反問道：「嗰陣大家都嚇一跳，完全唔知發生咩事。問佢又唔肯講，最後由 Lily 同小佳兩個送佢返屋企。」

「點解會咁㗎？講電話嗰陣明明好地地⋯⋯」

「講電話嗰陣？」阿豪皺起眉頭道。

「冇嘢⋯⋯咁小璇之後點？冇事嘛？」我擔心地問。

莫非，她是因為我才哭的？不會是這樣吧？

「聽講，朝早嗰陣真係冇事嘅⋯⋯點知去到晏晝，就收到大姐頭入院嘅消息。」

「唔係啩！？」這下我真的激動得站了起來，「咁大件事！？」

我這個舉動瞬間吸引了全場目光。為了掩飾過去，我先尷尬地笑一笑，再重新坐下來。

「點解冇人同我講呢件事㗎？」我追問道。

「點解要同你講？」阿豪不解。

「我意思係⋯⋯奇怪點解 WhatsApp Group 入面冇人提過⋯⋯」

他意味深長地瞇起雙眼，再解釋道：「好似話係大姐頭唔想咁多人知，而且聽返嚟都唔係咩大問題，只係血壓偏低同少少感冒啫。」

「原來係咁，唔係咩大病就好。」我當場鬆一口氣。

看來不單只我，就連慧娜也不清楚小璇入院這件事。不然，昨天肯定會有著截然不同的發展，才不會過得這麼快樂。

大概，小璇就是知道我們會擔心，才選擇隱瞞吧？

轉眼間就來到中午。再次見到慧娜的時候，她已經從其他人口中得悉小璇的狀況了。

「我頭先打去話想探佢。但小璇話唔好，驚會傳染我。」慧娜沒精打采地說。

「佢咁講都唔啱嘅⋯⋯等佢好返先算囉？」話雖然這樣說，但我內心卻是非常擔心小璇。

而且，還有另一件事令我非常在意——就是我發出的短訊，小璇居然全部已讀不回，也不願意接聽我的電話。到底發生了甚麼事？

　　很快又過了兩天（四月二十五日）。這天我本來是放假的，但因為知道小璇有課堂要上，所以特意回校，更提早在演講廳門口守候。結果，皇天不負有心人，終於讓我見到小璇了。

「喂，早晨。」我走到她面前打聲招呼。

　　小璇先怔了一下，過了三秒後才回答：「早。」語氣居然意外地冷淡。

「妳感冒好返未？」起初，我還以為這份冷淡只是錯覺。

「好返好多。多謝你關心，我要去上堂喇。」

　　但再聽下去就知道並不是錯覺，如此態度令我感到愈來愈不安了。

「小璇！」我連忙擋在她的面前，「點解妳唔肯聽我電話？就連短訊都……」

「因為冇必要。」小璇說得很決絕。

「吓？」

「而且，你有留意嘅話，我喺 WhatsApp 群度係有出聲嘅，我覺得咁樣已經足夠。」

「我知，所以我先唔明……」

「夠喇！你再阻住我就會遲到。個教授好嚴㗎，遲到少少就會扣分……」

「遲咩到啫！咁早裡面根本就冇人！」我激動地説，但馬上就意識到自己語氣過重了，「對唔住，我唔應該咁大聲……」

　　小璇沒有回應，表情亦沒有多大變化，正打算從我身邊走過……

「妳係唔係唔記得咗我哋嘅事？」我終於忍不住問道。

　　其實，從來沒有人向我保證過，擺脱輪迴不需要付出任何代價。或許，那些曾經協助過我的人都會失去當時的記憶，甚或失去過程中所建立的友誼和感情。所以小璇才會變得這麼冷淡……

「我記得，」但小璇馬上就否定了我這個想法，「所有嘢我都記得一清二楚。」

「咁點解妳……」

「就係因為記得……我先要咁做……」小璇背對著我，用顫抖的聲音說道：「已經冇時間喇……」

「冇時間？」

「總之，你唔好再嚟搵我！」她大聲喊道：「你要在乎嘅人應該係小娜，而唔係我呀！」

　　語畢，小璇毫不猶豫地推開演講廳大門走進去。剩下我錯愕地站在原地，不敢貿然追上去。

　　自從那天之後，小璇對我的態度就一直沒有改變。

　　最初，我仍會不時出現在她面前，扮作偶遇去嘗試搞清楚狀況……特別是那句「已經冇時間喇」的意思，但都沒有任何成果。我們的關係彷彿回到剛入學的時候，甚至可能更加惡劣……如此遙遠的距離，令我無法理解到她內心的真正想法。

　　隨著考試和畢業設計的死線迫近，我漸漸抽不出時間去找小璇。加上她向來都是我們班中最勤力的一位，就算有心想找也不

容易。但即使如此，我仍然堅持每晚臨睡前給她一個短訊，期望隔天起床的時候能收到回覆。

【小璇，我係咪做錯咗啲咩，激嬲咗妳？】－我

時間一天一天過去，雖然和慧娜成為情侶後每天都過得很快樂，但我慢慢就意識到這段關係藏著暗湧。並非我們之間的感情不夠，而是跟她一起去日本的這個承諾，實行起來其實相當困難⋯⋯

簡單解釋一下，假如以旅行的方式到日本，最多就只能逗留九十天，而且也不能夠在當地工作，難以維持生計。當然可以選擇以工作假期的模式，但最多也只是居留一年，離三年之期仍然非常遠。也沒有資金選擇投資移民⋯⋯

換句話說，除非我同慧娜極速閃婚，不然就只餘下一個可能性⋯⋯就是過去繼續升學。

「阿仔，你即管放膽去啦！遇到一個對自己好重要嘅人係好難得嘅事，千祈唔好輕易放手⋯⋯」

幸好我有個非常開明的父親。認真聽過我的瘋狂主意後，他不但沒有罵我白痴，還大力支持我。

「最緊要，唔好俾自己將來後悔就得。」

所以，我開始積極尋找日本升學的途徑。整個過程我並沒有跟慧娜商量，而我亦深信這樣做是正確的……因為，愈找，就愈覺得成功的機會很渺茫。

不知不覺來到五月尾，大學生涯已經差不多告終了。而我此刻早已打定輸數，打算先用以工作假期的方式過去，一年後才再作考慮……

怎想到，接下來所發生的事情，將會完全顛覆一切？

我永遠不會忘記……五月三十一日的晚上，我和慧娜吃過飯後，因為路程不遠的緣故，所以我決定送她回家。記得，當時我們已經快要到達目的地了。

「我係咪畀咗好大壓力你？」慧娜突然冷不防地問。

「吓？」我有點驚訝，「點解妳會咁問？」

「係阿豪同我講，佢話你申請去日本嗰度遇到好多阻滯。」

「個死仔，明明叫咗佢唔好亂講……」

「唔好怪佢！其實係我迫佢講出嚟。因為，我早就注意到你有少少唔妥……」

「慧娜，」既然如此，我也無法再隱瞞下去了，「係，我搵咗好多方法但都唔成功。而家諗住先去一年 Working Holiday，報名表我都已經填好咗。阿豪話可能同我一齊去，順便搵佢嘅日本女朋友。當然啦，到時我同佢一定係分開住……」

「阿楓，」慧娜打斷了我的話，「不如……就咁算啦？」

「算？」我再次被她的話所震驚，「我唔明妳嘅意思……」

「我知道你仲有件事唔肯同我講。」她用銳利的目光望著我，「半個月前，有位外國名設計師睇完你嘅作品之後覺得你有潛質，諗住收你為徒，係唔係有呢件事？」

「點解……」

「若果成事，將來一定可以畀好多人認識到你嘅設計。但如果你選擇同我去日本，就等於放棄呢次大好機會。」

「妳等等先……係，妳講嗰位設計師的確係讚過我，仲想約我出嚟見多次面。但唔代表真係會成事㗎喎……」我嘗試解釋清楚。

「你説謊。（國）」慧娜馬上拆穿了我，「你心裡面係好清楚，只要肯捉緊呢次機會就一定會成功。但你唔肯……你為咗我而選擇迴避呢次見面。」

「可惡！」我咬牙切齒地説：「阿豪佢真係……」

「都話咗唔關阿豪事！」説到這裡，她突然用力捉住我的雙臂，「你冇必要為咗我放棄咁多……三年呀！經過三年嘅空白期，成個環境就會唔同晒！」

「或、或者我過到去一樣得呢？只要我係有實力嘅，去到邊度都唔會有問題，唔存在咩空白期……」

「但機會從來都係一瞬即逝，我唔忍心睇住你放棄。」

「為咗妳……」

「就當係為咗我，」慧娜搖了搖頭，「算啦，好嗎？」

　　接著是一陣短暫的沉默。明明半個小時前我們還在興高采烈地談論日本的作家和音樂，怎想到現在的氣氛居然會變得如此沉重。

「但如果我唔去日本。我哋就要分開三年，根據其他人嘅經驗……

異地戀，多數都……」我說到這裡停了下來，不敢再說下去。

「我明，所以我有個諗法。」她的眼神彷彿帶著某種覺悟。

　　這刻，我開始不由自主地害怕起來。彷彿已經預料到她接下來想說甚麼……

「阿楓，同你一齊呢個幾月……唔係，應該係三年先真。」慧娜微笑道：「呢三年嚟我真係過得好開心，話係成世人最幸福嘅階段都唔會誇張。」

　　不會的，慧娜肯定不會這樣做……

「我唔想我哋嘅關係因為異地戀而變質，更加唔想你放棄大好機會。」說到這裡，她緩緩鬆開雙手，「所以，我希望我哋可以暫時做返朋友……留低最美好嘅一刻。如果三年後我決定返嚟，我哋之間嘅感情又冇改變到嘅話……」

　　其實，由我聽到「暫時做返朋友」這句的一刻，腦海已經瞬間陷入當機狀態。之後她到底說了些甚麼，也是事後才勉強記起來。

「……我哋先再喺返埋一齊，好嗎？」

慧娜大概有這樣說過吧？但當時的我並沒有好好地回應，而是整個人愣在原地，啞口無言地目送她離開……

雖然整件事來得突然，但其實我心裡面很清楚，慧娜從頭至尾都是為我設想。之所以選擇這個時間才「攤牌」，全因為不想影響到我的學業。同時，也為這段關係留下了正面的可能性……異地戀很難維持可以說是公認的事實，所以她並沒有做錯。

對啊，我真的明白她的苦心……但明白又如何？始終改變不了一個事實，就是我失戀了。

嗚……原來失戀的痛，比起告白被拒絕的痛……還要痛上千萬倍。

感覺，好像又回到第一次被慧娜拒絕的那個晚上。我傷心欲絕地躺在自己的床上，全身軟弱無力，不斷胡思亂想……

雖然慧娜的確是為了我好，但整整三年時間，真的甚麼也有機會發生。最壞的情況，就是她會在日本遇上一位各方面都比我好的男人，然後走在一起。

唉。

本來，我還以為這個失戀的晚上，自己必定會失眠……但沒有，在床上輾轉反側了一段時間後，我終於不勝疲憊，緩緩閉上眼睛。

鈴鈴鈴鈴鈴——————

最後，被自己的鬧鐘弄醒。

拿起手機瞅了一眼後，我差點就被嚇得當場心臟病發……

照道理，今天應該是六月一日才對。但手機所顯示的時間，卻是四月二十一日，復活節。

為甚麼？

難道……我又再一次輪迴了？

【第七十二次輪迴】

腦海一片空白。

曾經有個念頭：立即閉上眼再睡一次，看看睡醒後會不會回

到六月一日⋯⋯但在這狀態下根本睡不著。

　　曾經有個念頭：查證一下是否有人在開玩笑⋯⋯可是，這刻我的雙腿軟弱到彷彿不再屬於自己，大概連離開房間也做不到。

　　曾經有個念頭：乾脆放棄所有事情，旁邊不是正好有窗嗎⋯⋯不，倘若我真的這樣做，慧娜她肯定不會放過我的。

　　結果，甚麼也做不了，只是一直躺在床上⋯⋯直至手機鈴聲響起，才茫然地望向螢幕。起初，我還以為是阿豪打來叫醒我，豈料到⋯⋯

「小⋯⋯璇⋯⋯？」

　　看見螢幕所顯示的名字後，我終於清醒過來。立即按下接聽鍵並把手機放到耳邊，但喉嚨卻沙啞得連一聲「喂」也吐不出來。

「嗚⋯⋯」然而，通話另一邊也只是不斷傳來某人的抽泣聲。半响後，「她」終於哭著說：「阿楓⋯⋯對、對唔住⋯⋯嗚⋯⋯真係好對唔住⋯⋯我已經盡晒力⋯⋯但始終都係⋯⋯做唔到⋯⋯嗚⋯⋯我好痛苦⋯⋯好痛⋯⋯」

「小璇，究竟⋯⋯發生緊咩事？」

照道理，小璇是不會主動打來的，過去多次輪迴早就證明了這點。

「嗚……」

莫非……？

「小璇……妳、妳唔通……」

「嗚……對唔住……好對唔住……」

見她只是不停在道歉，我知道在這狀態下是問不出結果的。所以……

「小璇，我可唔可以過嚟搵妳？」我如此問道。

大約一個小時後，我來到中學母校附近的一個公園。這公園距離小璇的家並不遠，因此我們選擇在這裡見面。

說起來，真的很久沒有來過這裡了，周遭的景色早已改變了很多，唯獨公園內的鞦韆依然保養得很好。此刻，小璇就正好坐在其中一架鞦韆上。所以很自然地，我選擇坐在她旁邊的那一架。

「妳冇事嘛？」我慰問道。

「已經好好多。」她邊擦拭眼淚邊回應:「但可能我坐得喺度太耐,搞到對腳痹痹地……哈……」

　　雖然她嘗試表現得輕鬆,但結果卻顯得十分無力。

「對唔住,我遲咗咁耐先到……因為我都隔咗好耐先冷靜到落嚟。」

「傻啦,我明㗎,真係明。」小璇態度認真地說,「既然冷靜到,即係你已經明白……我都有輪迴呢件事。」

「嗯,」我點了點頭,「由妳快過阿豪打嚟嗰刻我已經有呢個諗法。」

「我原先其實係諗住等你打過嚟……」小璇抬頭仰望天空,「但我一路等就一路喊……最後真係忍耐唔到……好想即刻搵個人訴苦……」

「妳……到底係由幾時開始輪迴?」我問道。

「我已經冇去計,總之係比你早得多。」她微笑道:「唔記得輪迴咗幾多次之後,我發現自己嘅輪迴方式突然唔同咗。慢慢就注意到原來你都遇到呢個情況……原來之所以會唔同咗,係因為我哋嘅輪迴係會互相影響。」

「互相影響？」我不解。

「**我本身並唔係每日輪迴一次。**」小璇回答：「但之後受到你嘅影響，我先開始跟住你每日輪迴。所以，等到你擺脫輪迴之後，我就開始擔心，驚自己嘅輪迴會影響到你。」

「妳嗰陣話已經冇時間……就係咁解？」

「嗯。」

「咪住先，妳話自己本來唔係每日輪迴一次……」我腦袋飛快地轉動著，「但而家嘅情況，係由五月三十一日返返去四月二十一日，咁即係話……妳……」

「冇錯。」小璇望向我。有那麼一瞬間，她的雙眼彷彿失去了光芒，「我嘅輪迴就係不斷重複呢四十日，失敗嘅話就要重新嚟過。」

　　聽到這裡，我突然有種很心寒的感覺，變得不敢再追問下去。到底，小璇是依靠著甚麼，才能夠抵禦如此絕望的境況，支撐到現在？

「咁點解妳會變成咁？」短暫的沉默後，我繼續問道。

「話說嗰晚，我無意中撞見自己鍾意嘅男仔同自己最好嘅朋友表

白。我好傷心，本來想有咁遠走咁遠⋯⋯點知喺途中遇到一位阿伯，明明跌咗落地，但又冇人願意幫佢，所以我就主動走去扶起佢。」

「耶伯。」我想起了他當時說過自己是「第二次跌倒」，原來第一次扶起他的好心人就是小璇。

「嗯，送耶伯去搭車嗰陣。佢可能見我喊完嚹，所以問我係咪有嘢放唔低⋯⋯」

「咁妳點答佢？」

「我答佢⋯⋯我希望可以喺大學生涯完結之前，完全放低嗰個已經冇可能同自己一齊嘅人。」小璇頓一頓再說下去：「臨別之際，耶伯送咗粒朱古力復活蛋畀我，仲講咗句『**時間可以改變一切**』⋯⋯我就係咁開始咗輪迴，直到真係放低嗰個人之前，都會一直輪迴落去。」

　　我難以置信地睜大雙眼。事實已經很明顯，小璇上次也是失敗了，才會帶著我一起再次輪迴⋯⋯

「咁妳係打算放低⋯⋯」

「放低你。」小璇乾脆地回答，同時強擠出一個微笑，「記唔記得，

中二嗰年你同我表白，我用非常白痴嘅理由拒絕咗你？」

　　雖然問之前已經做好心理準備，但最後還是被答案所震撼到了。衝擊之大，令我一時之間無法作出反應，連點頭也做不到。

「嗰次之後，我哋就冇再講過一句說話。但你可能唔知道，其實我仲一直留意住你。好希望，你可以再次揾我傾偈；好希望，美術堂你可以再一次坐喺我隔籬；好希望，你可以再叫我一聲小璇。」

　　原來，這就是我所不知道的「真相」。

「但係冇呀，雖然我一直喺心裡面罵你係大白痴。但我何嘗唔係一直等，唔敢自己去開口先？終於，去到中四嗰年。你去咗第二間中學讀書，知道呢件事嗰晚，你知唔知我喊得幾犀利呀？」

「我⋯⋯」

　　當然不會知道，怎可能會知道呀？當時的我總是在怨天怨地，被告白失敗的漩渦所淹沒，從沒有意識到身邊原來一直有條能夠把我拉上來的救命繩索⋯⋯

「之後嘅幾年中學生活，我當然有試過放低你，亦有試過同另一個男仔拍拖⋯⋯哈，」她突然笑出聲來，「但可笑嘅係，我越係想放低，就越係冇辦法放低，幾乎無時無刻心底裡面都有你嘅存

在。而嗰個男仔，雖然對我好好⋯⋯但我始終搵唔到嗰種感覺，結果好快就分咗手，中學畢業之前都冇再搵過第二個。」

去到這裡，我已經不知應該怎回應。只能繼續聽，等她完成整個「告白」。

「其實大學揀科嗰陣，我真係有諗過會唔會咁好彩遇返你。點知⋯⋯命運就係咁得意。」

小璇突然用力雙腳一蹬，整個身子開始跟著鞦韆前後搖擺著。

「再次見返你，本來應該有好多嘢想講。但我做唔到⋯⋯始終都係講唔到出口。明明心入面係好開心，但一諗起自己做過嘅傻事，就冇辦法喺你面前表現到好似一切都冇發生過咁。」

等到鞦韆停止擺動後，小璇才繼續說下去：「雖然知道你心裡面唔會再有我嘅位置，但我仍然係無法自控咁繼續留意住你。因為咁，喺機緣巧合下俾我認識到小娜，仲發現到⋯⋯原來你對小娜係有好感。」

「慧娜佢⋯⋯」聽到這裡，我終於想通了一點，「知道妳嘅感受。」

「嗯，可能你唔會信啦⋯⋯但其實早喺我意識到你鍾意小娜之前，我曾經同佢提過我同你嘅事。雖然當時冇講得好清楚，但小娜係

知道我對你仲有感覺。」

「呢個，就係慧娜拒絕我告白嘅另一個原因。」我接著説道。

亦因為這件事，她才能夠定斷小璇並不是我的表妹⋯⋯

「小娜佢⋯⋯曾經俾自己嘅好朋友出賣過。所以佢一直都好謹慎，唔想變成自己曾經痛恨過嘅嗰一類人。久而久之，就算眼前有個對自己好好嘅人，佢都會習慣性咁選擇迴避，始終唔敢行前一步。」

「所以告白當晚佢先會話自己幼稚⋯⋯」

「嗰晚我去搵小娜，就係直接同佢講，話我對你已經冇晒感覺，仲已經搵到另一個啱心水嘅對象。總之，佢唔使驚會出賣我，拒絕你嘅表白就真係會走寶⋯⋯類似係咁。」

「但事實唔係咁。如果係，妳就唔會繼續輪迴⋯⋯」

「冇錯。之前我一廂情願咁以為，等到你同小娜喺埋一齊之後，只要對你嘅態度變得冷淡啲，再將注意力放喺學業度，最後一定可以放低你。」

「咁我開始明喇⋯⋯」我恍然大悟道：「妳做活動搞手之所以搞

咁多嘢，又單丁戲飛又跳舞，目的就係想我出醜，等我憎妳……」

「當憎到一個地步，見到我都要掉頭走嘅時候，或者我就行得唔放低你……真係好傻嘅做法，完全唔係我嘅慣常作風。」

「愛情，真係會令人變蠢。」我很明白這感受。

「哈，」小璇突然噗哧一聲笑了，「諗返轉頭，其實我都試咗幾多嘢。例如一定會爆漿嘅芝士九、難食到爆嘅豬頸肉、禍你玩過山車、滑翔傘……」

「滑翔傘！？」我大感錯愕，「妳明知我畏高㗎？」

「咁我冇諗過你每次都會配合㗎嘛！更加冇諗過……觀察你嘅每個反應，竟然慢慢成為我輪迴嘅唯一樂趣，令我越嚟越難放低你，真係錯晒。」她無奈地搖了搖頭。

「冇記錯妳中途係有心軟到，仲好似有暗中出手？」

「係呀，你而家應該明啦？我喺燒烤場到叫高佬傑做醜人。等你可以英雄救美，我當時以為咁樣你就可以同小娜順利起埋一齊。」

「但最後都係唔成功……結果，妳就喺我最絕望嘅時候，主動過嚟幫我。」

「而我一直隱瞞自己都係輪迴緊呢件事⋯⋯就係怕最後會影響到你。」

「啊！！！」我仰天大叫了一聲，「點解我一早諗唔到㗎！？」

　　老實說，當初在咖啡店的時候我就應該要想明白了⋯⋯

「啊！！！！！」小璇也跟著我大叫，「因為呀！坐我隔籬呢個係全世界最白痴嘅男人囉！」

「呢樣真。」我自嘲一聲，「等我仲成日以為，告白失敗就係 Game Over，但原來事實根本唔係咁。」

「事實係，」她接著說下去：「有時錯有錯著，表白失敗可能只係開始⋯⋯至少我就係因為咁越來越在意、越來越鍾意你。」

　　下一瞬間，我和小璇的的目光再次對接在一起。她的表情又令我想起了海旁的那一吻。

「阿楓⋯⋯其實講講下⋯⋯我好似已經諗到解決辦法。」

　　但經歷了這麼多事情後，我已經有所頓悟——她每次露出這表情，都是準備好要犧牲自己。

「妳係咪又想傷害自己？」我問道。

聞言，小璇馬上撇過頭，這反應正好表示我的想法沒有錯。

「果然係咁。」我站起來，離開了鞦韆，「小璇，雖然唔知妳實際想點做。但我心裡面已經有個譜，我唔會再畀妳做傻事去傷害自己。」

「唔得，」小璇相當堅持，「我已經決定好。」

「咁今次我一定會全力阻止妳。」

「你可以點樣阻止我？」她加重語氣道：「從來都冇人可以阻止⋯⋯吖！？」

我想，小璇肯定沒有預料到我會突然走上前緊緊摟抱著她。

「就係咁。」我在她耳邊說：「我唔會放手，直至妳肯放棄唔再傷害自己為止。」

「你黐線㗎！？放手⋯⋯」小璇開始掙扎起來，「再唔放⋯⋯我就會嗌救命⋯⋯」

「就算有人走埋嚟拉開我，我都唔會放手。我已經決定好⋯⋯」

「⋯⋯放手⋯⋯」

「夠喇！小璇！」我抱得更用力，「已經夠喇⋯⋯妳⋯⋯已經犧牲得夠多。」

「我⋯⋯」

「我唔會再畀妳一個人面對所有難關⋯⋯今次，我哋一齊去面對。我應承妳。」

聽到我的「承諾」後，小璇她終於放棄了掙扎⋯⋯

「嗚⋯⋯」

⋯⋯在我懷抱裡放聲大哭。

雖然好像說了很帥氣的話，但到底應該要怎樣做，老實說我並不清楚。

「好彩妳頭先冇真係嗌救命咋，唔係睇怕我已經俾人拉咗返差館。」

「乜你會驚咩？」小璇鼓起臉頰說道：「就算俾人拉咗呀，輪迴之後都唔會有事㗎啦。」

「咁又係……到時候，我又會即刻趕到嚟妳身邊，然後再一次咁做。」說著，我終於有所決定了，「好，我哋一於返去搵阿豪佢哋。」

「吓？」她訝異道：「而家呢個時間……即係去唱K？」

「就當係最後決戰前發洩下啦。」我解釋道：「然後夜晚，我哋兩個一齊去搵耶伯。」

　　大概我們真的囤積了太多鬱悶和壓力吧，所以這次唱K確實唱得非常盡興。我和小璇更破天荒合唱了一首《珊瑚海》，令到全場嘩然。

「喂，你唔驚小娜會呷醋咩？」趁著慧娜去了洗手間的時候，小璇擔心地問。

「如果佢會……我就唔會鍾意咗佢三年咁耐。」我說道：「何況首歌嘅歌詞都冇乜嘢吖？」

「『我們的愛差異一直存在』都冇問題？」她翻了個白眼，無奈地說：「算啦，你覺得冇問題就得。」

雖然表面看來不太滿意，但我知道她的內心是非常高興的。

夜晚，我先提前送慧娜回家，然後相約小璇在彌敦道——當初偶遇耶伯的地點碰面。而結果完全不出所料，耶伯果然也沒有現身……這情況跟上次一模一樣。

這之後，我和小璇又來到了尖沙咀海旁。就好像當日那樣，兩人坐在欄杆上一起等待四時四十四分的來臨。但這次，我全程一直牽著小璇的手，堅持絕不放開。

「所以，你真係唔諗住放手？」小璇再一次問道。

「係呀長氣。」

「我哋又唔係情侶，咁真係好奇怪囉。」

「邊到怪呢？從來都冇人話過朋友唔界拖手。」

「噴。」

「『噴』都冇用。我知道㗎，一放手妳就會走去做傻事。」

「都話咗唔會囉……」小璇嘆氣道：「邊有咁多傻事可以做呀？」

「我唔信，妳咁多鬼主意。」

「我係驚俾小娜撞見咋，就好似上次咁……」

「到時咪再解釋囉，反正呢個時空我都未同佢一齊。」

「你份人真係好頑固囉！」

　　我們就這樣一人一句，不知不覺就去到四時四十三分……只剩下最後一分鐘了。

「阿楓，其實你有冇諗過點解會係四點四十四分？」小璇突然問道。

「斷估唔會係『死死死』嘞？」

「我都唔希望係咁。」她認真地說：「其實我曾經上網查過，444好似係代表住『天使嘅祝福』，天使會指引我哋向正確嘅道路進發。」

「祝福定詛咒先？」我半開玩笑地問。

「你諗嘢唔好咁負面啦。」小璇用空出來的手輕輕拍我的頭，「但如果……我哋真係再一次輪迴，你會打算點做？」

「點做？」我深思了一回，「今次我想食餐勁嘅，夜晚再搵間總統套房住下。」

「認真問㗎！」

「我好認真囉！喺諗到真正嘅解決方法之前，點解唔先好好享受下？」

　　就在下一瞬間，意識又開始模糊起來，眼皮同一時間變得愈來愈重。雖然心中已經打定輸數，但我和小璇還是笑著閉上雙眼，高舉起十指緊扣的手⋯⋯

「即管放馬過嚟啦！第七十三次輪迴！」

　　只有我們兩個人⋯⋯

　　一起迎接新一天的來臨。

無家灶台告白

END
可愛女人

X
後口談

IF
在某個時空
所發生的事

IF
在某個時空
我放下的事

True Ending：可愛女人

「嗨，慧娜。」

　　這天晚上，我再次來到慧娜家樓下，等她回來。

「阿楓，點解你會喺度嘅？」慧娜露出愧疚的表情，「我仲以為⋯⋯你已經嬲咗我。」

「我冇嬲妳。」我搖搖頭，「其實我係想親口同妳講呢番説話。」

　　我在斜孭袋內掏出一本日語教學書，遞給慧娜後再繼續説下去：「呢本書係送畀妳嘅。我自己親身用過，質素比起其他書好得多。」

「嗯，」慧娜接過書後答謝道：「多謝。」

「之後就係『聽晚』嘅答覆──我應承妳，我會去同嗰位名設計師見面，叫佢收我做徒弟。」

　　聞言，慧娜立即露出難以置信的神情，反應過來後隨即給予我一個燦爛的笑容。

「太好喇⋯⋯」她感動得泛起了淚光。

「然後，我哋各自努力。三年之後，如果我哋仲有感覺，就⋯⋯」

「結婚吧。（國）」慧娜搶先開口說道。

「吓？結、結婚！？」我被她的話震撼到了，差點就以為自己聽錯。

「開玩笑的啦！（國）」看見我的表情後，慧娜當場抱腹大笑起來，「哈哈……」

「講咩笑？我當妳認真㗎喇！」為了挽回面子，我厚著臉皮說道：「到時，我一定會準備一本更加有心思嘅立體書，再買埋戒指嚟搵妳。」

　　去到這裡，我想各位應該明白了吧？

　　今天，是二零一四年六月一日，星期日。

　　「昨晚」，我和小璇手牽手度過了四時四十四分後。終於成功擺脫了輪迴，更一下子直接跳過四十天來到六月一日。至於現在的時間點，即是延續了第七十一次輪迴──我和慧娜成功拍拖，但最後還是分手收場的那一個時空。

　　因此，我總算有機會可以給慧娜一個答覆了。

「嗯，我會好期待。」慧娜擦拭眼角的淚水後，溫柔地微笑道：「只

係，我怕結局未必會係咁啫。」

　　說到這裡，她緩緩從我身邊走過，然後背對著我說：「阿楓，幫我同小璇講……今次，我同佢會係競爭對手喇。」

　　慧娜……妳果然很聰明啊，真的甚麼也瞞不過妳。

「就算相隔二千五百公里，」她轉身直視著我：「我都唔會輕易放手。」

　　至於為甚麼能夠擺脫輪迴？雖然我們沒辦法肯定，但大致上還是有個概念。

　　【喂，學校老地方等！我有好重要嘅嘢想同你講。】－小璇

　　隔天（六月二日），我聽從小璇的指示重新回到母校校舍。這天剛好是學校的舊生日，所以我很順利就走進了校園。雖然她沒有明確表示「老地方」在哪裡，但我心裡倒是很清楚。

「你到嘷？」果然，小璇就站在美術室正中央，耐心地等候我出現。

今天的她跟平日非常不一樣，打扮明顯女性化得多，但又不失活潑的個性。而此時此刻，我們所站的位置，跟當年幾乎是完全一樣。

「你睇，我仲紮埋馬尾㗎，係咪好似當年咁，好懷念呢？」小璇笑著展示自己的「新」髮型。

「嗯，好襯妳。」我有些尷尬地説：「咁……妳叫我嚟呢度係想講啲咩？」

雖然這樣問，但其實我早已心中有數。

小璇先深呼吸一口氣，再用力指向我，非常有氣勢地説：

「阿楓，我鍾意你！不能自拔咁鍾意！」

我知道的。為了這次「告白」，她已經付出過很大的犧牲，也是抱著最大的覺悟而來。

「你可唔可以……做我男朋友？」

面對這份覺悟，我的答覆當然經過深思熟慮，就是……

「我拒絕。」

「吓？」小璇差點就站不穩身子。

「喂，我有可能應承妳㗎喎！」我攤開手連忙解釋道：「雖然同慧娜分咗手兩日，但我仲係鍾意緊佢……」

「你……」她激動得咬牙切齒，「哼！你睇住㗎，我係唔會放棄㗎！」

　　雖然被我果斷拒絕了，但小璇很快就恢復了狀態。事實上，她早就知道會有這個結果吧。但這個「結果」，對她……不，對我們來說其實只是個「新開始」。

「三年之內，我一定會令你鍾意返我，接受我嘅表白！」

　　我想，我和小璇之所以成功擺脫輪廻，是因為我們終於能夠解開心中的「結」。

　　我的「結」，是以為告白失敗，就代表著一段關係正式結束。但小璇的存在證明了我是錯的……原來告白失敗，也可以是個開始。

　　而小璇的「結」，是源於一次錯誤的決定，變得不敢再正視自己的感情，甚至不惜傷害自己也要放下這段關係。而我的存在，證明了不管做錯了多少次，只要堅持目標絕不放棄，終有天還是

會成功。

　　藉著輪迴這一件事，我們兩個互相影響，終於令到對方解開心結。就這樣，以一個全新的姿態向前邁出腳步。

「慧娜叫我同妳講……今次佢同妳會係競爭對手。」

「呵，你代我答佢……我從來都冇輸過。」小璇非常有信心地說。

「我幾時變咗妳哋嘅傳聲筒㗎？」我無奈地說，隨即想起了一個一直很想知道答案的疑問，「係嘞，到最後妳都冇答過……喺我開始輪迴之前，妳到底輪迴咗幾多次？」

「呢個……」小璇莞爾一笑，最後用甜美的聲線說：

「……係不能說的秘密。」

Extra：後日談

　　猶記得，當我知道表哥「終於」有女朋友的時候，驚訝得當場在列車內大叫了一聲，導致表哥被其他乘客誤會，以為他打算非禮我。把誤會解開後，我當然感動得熱淚盈眶。這是因為我很清楚表哥的「失敗史」，所以難免有種老懷安慰的感覺。

「我仲好記得張倉鼠卡⋯⋯嗚嗚⋯⋯真係太悲慘喇⋯⋯」

「夠喇，衰妹。」表哥輕輕打我的頭。

「但表哥你到底係點成功㗎？我真係好好奇囉。」我連忙問道。

「呵呵，呢個係秘密。」

「唔通係用埋啲旁門左道？例如威迫⋯⋯」我瞇起雙眼說道。

「我似啲咁嘅人咩！？咳咳⋯⋯總之，係一次妳永遠都想像唔到嘅神奇經歷。」

「唓，懶神秘！講到神奇經歷呀，我嗰件事一定奇過你囉！」我自豪地說：「你唔記得咗我嘅『稱號』係咩嘞？」

「又係妳話個稱號太尷尬唔想我哋記住嘅，而家又想我記得返？」

這個稱號就是「從天而降的奇蹟少女」，非常尷尬吧？但當時的

新聞確實是如此報導她。

「哼，鬼唔望你地散呀。」我惡毒地說。

「哈哈……」

　　豈料到，我當時無心的一句話，最後竟然會一語成讖。一個月後，即五月的最後一天，表哥跟他當時的女朋友分手了……

　　轉眼間，距離那天已經差不多兩年了。這晚，我百無聊賴地打開了 Facebook，赫然發現表哥居然上傳了新的照片。

「係喎！佢去咗東京旅行……」

　　第一張照片裡面總共有五個人：包括表哥、表哥的女朋友、阿豪，還有另外兩個女生。由於現在是四月初，所以在他們身後的是一棵又一棵盛開的櫻花樹。

　　看得入迷的我，過了很久才點擊「下一頁」。

　　第二張照片就只有表哥和他女朋友，他們手牽著手。背景是東京灣的彩虹橋，至於照片的註解，沒記錯應該是周杰倫《簡單

愛》中的歌詞：

我想就這樣牽著妳的手不放開。

「咿⋯⋯好鬼肉麻囉。」我不禁打了個寒顫，「完全唔係表哥嘅風格，肯定係女朋友大人要佢打上去。」

不過說起來，我也是第一次看到表哥和女朋友的合照。見他們如此恩愛的樣子，看來我很快就會多一位表嫂了。

祝你們幸福快樂啦。

看過照片後，我托著腮望向窗外面，這晚的天色非常好⋯⋯

不知道⋯⋯有沒有機會看到流星呢？

IF：在某個時空所發生的事

「小璇，妳有冇曾經諗過，假如當日我哋冇擺脫到輪迴……而家嘅我哋會變成點？」

「我成日都會諗，特別係夜晚一個人靜落嚟嘅時候，好自然就會諗返起嗰陣……」説到這裡，小璇突然笑了起來，「話時話，有幾個諗法真係幾得意。」

「係點樣㗎？」我好奇地問。

「唔……可能，我哋會用一整日嘅時間周遊列國，去晒唔同國家嘅藝術館同美術展，當然仲要食好嘢……」她露出一臉陶醉的樣子，「真係諗起都覺得爽。」

「又真係幾似我哋會做嘅嘢。」我點頭同意，「而家，就算有錢都冇時間去……」

「何況冇錢。」小璇無奈地嘆氣道：「然後，去到咁上下，就應該會試下啲一直想試但又未有機會試嘅嘢。例如潛水呀、跳傘呀、笨豬跳呀、或者攀上珠穆朗瑪峰……萬一喺過程中受傷，輪迴之後都可以即刻好返。」

「前題係只係『受傷』咁簡單。」我壓低聲説：「計落要做到都唔容易㗎，正常係要計劃好耐……」

「咁都係想像之嘛，點解要咁多限制呢？」

「係嘅係嘅，咁妳仲有冇其他『超越限制』嘅諗法呢？」

「你⋯⋯真係想知？」

　　見她露出了不懷好意的笑容，我馬上就後悔了⋯⋯當初真的不應該追問下去啊。

【第 XXX 次輪廻】

「小璇，妳應該記得㗎？我話過唔會俾妳傷害自己⋯⋯有咩嘢我哋咪一齊面對囉？」

「夠喇！阿楓⋯⋯呢啲說話我已經唔想再聽喇！」小璇激動地說：「就算一齊面對又點？唔得就係唔得！」

「唔係嘅，仲有好多嘢可以試⋯⋯例、例如⋯⋯係嘞！我記得大學有個叫做文冰瑤嘅女仔專幫人解決難題，不如我哋試下去搵佢吖？」

「你估我冇搵過咩？啲人話佢離開咗香港⋯⋯冇人知佢去咗邊

呀！」

「係咩！？點都好，妳鬆綁咗我先，我哋再慢慢傾⋯⋯」

　　簡單說明一下狀況吧。自從「那天」後，我和小璇又再經歷了數百次輪迴，基本上大部分方法都已經試過，全都是失敗收場⋯⋯

　　終於，小璇瘋掉了。

　　這天她用「找到解決辦法」為由帶我來到某間酒店，再用藥把我迷暈⋯⋯醒來後，我赫然發現自己呈大字型平躺在床上，雙手雙腿也被麻繩綁住，怎樣也掙脫不了。

「哈哈哈哈！」她仰天大笑起來，「傾？唔使傾啦⋯⋯因為，我已經諗到個一定會成功嘅方法。」

　　說到這裡，她從我視野外的某個地方抽出一把看起來相當鋒利的刀。

「小璇⋯⋯」見狀，恐懼感頓時竄遍了全身，「妳冷靜少少⋯⋯」

「阿楓，我應承過你⋯⋯我唔會傷害自己。」小璇緩緩走過來，漆黑的雙眼猶如黑洞一樣，「所以，呢把刀呢⋯⋯**係用嚟傷害你。**」

「等等……把刀睇落咁真，唔通……妳係玩真嘅？」我開始慌得語無倫次了。

「因為，我終於諗通咗……」她終於來到我身旁，露出了瘋狂的笑容，「只要你喺呢個世界上消失，我就可以真真正正咁放低你！」

　　語畢，她緩緩高舉起利刀。刀尖朝下，雙瞳在剎那間閃過一襟紅光……

「咪住呀……萬一……妳真係插落嚟！跟住擺脫輪迴……」

「到時我就會跟住你一齊離開呢個世界！哈哈哈哈！！！」

「唔好啊啊啊啊啊！！！」

「哈哈哈！！！」「啊啊啊！！！」「哈哈哈！！！」「啊啊啊！！！」

　　我無法解除身上的束縛，也無法阻止失去理性的小璇。只能任由她狠狠地剌下來，伴隨著瘋狂的笑聲和痛苦的喊聲……一刀又一刀、不斷剌、連續剌……接著，紅色的液體不斷湧出來，沾滿了我的上半身，也濺到床上還有小璇的身上……

　　很可怕、很絕望、很冰冷……**很蕃茄味**……

「夠喇！Stop！停呀！」終於，我忍不住叫停了，「太多喇，啲晒啲蕃茄汁喇！」

「怕咩喎！」小璇對我擅自破壞劇情明顯感到不滿，「頭先咪買定幾盒薯條嘅？一陣點嗦食咪得囉！」

「我件衫上面嗰啲都要食！？」我驚訝道。

「嘻。」她裝可愛地吐吐舌頭，「呢啲就要你自己處理喇。」

「又捆綁又茄汁又刀……我只係好奇問妳有咩『超越限制』嘅諗法啫，唔使真係將妳嘅想像表演一次咁大陣仗嘛？」

「咁我真係覺得得意嘛！」小璇把仿真度極高的玩具刀收好，滿足地說：「血色 Ending 喎！唔係有段時間好流行咩？我一直想模擬一次！」

　　沒錯，剛才上面的情節只是我和小璇合作演的一場戲。怎樣，夠逼真吧？嚇一跳了吧？

　　放心吧，現實的我們呀，已經擺脫輪迴有一段很長的時間了。

「真係可怕……」我無奈地自行鬆開麻繩，「估唔到妳腦裡面係諗埋啲咁邪惡嘅嘢。」

「邪惡？」她再次不懷好意地笑了，「真正嘅邪惡係咁呀。」

　　說罷，她突然將臉頰湊了過來，我的嘴唇立即傳來柔軟而又濕潤的觸感。

「係茄汁。」她用舌頭舐走嘴唇的茄汁，明明是自己作出主動，臉卻瞬間變得通紅了。

「小璇……」我愣了幾秒，反應過來傳水說：「妳身上那有。」

　　這之後，我們還發生了很多「事」。

　　美妙得……完全冷待了那些特意買來的薯條和蕃茄汁。

IF：在某個時空我放下的事

時光荏苒，距離「那一天」匆匆又過了四年。回望過去，身邊所有人和事都變得不再一樣。值得慶幸的是，大部份都是正面的轉變。

我如願成為了一位插畫家，埋首經營三年後，算是獲得了一定知名度。

阿楓自從拜師學藝後，就經常跟著那位名設計師東奔西走，不斷到外國參與設計交流。雖然勞碌，但他卻從沒有怨言，認為自己過得相當充實。

至於小娜，她父親在日本的公司已經打穩基礎漸上軌道。雖然已經習慣了那邊的生活，也認識了不少新朋友。但小娜最後還是選擇回來香港，之所以會作出這個決定……原因就只有一個。

「小璇，其實……我當初真係冇諗過妳會應承。」

那天，在會場的化妝間內，早就感動到哭成淚人的小娜突然這樣跟我說。

「梗係應承啦！」我拿起紙巾，小心翼翼地幫她擦拭淚水，「換轉係我邀請妳，妳都肯定會應承㗎，係咪先？」

「嗯，一定……」小娜點了點頭，「謝謝妳，今天我真的過得很

快樂……（國）」

「唔好再喊喇，再喊一陣就會俾我搶晒風頭……」我笑著說：「嚟，擰轉身，等我幫妳執一執個頭。」

　　雖然表現得很堅強，但實際上我也只是在強忍淚水，只要一不小心就會破眶而出。

「小琋……妳真係冇嬲過我？」未幾，小娜又再問道。

　　我愣了幾秒，正打算回答，婚禮的女主持卻走進化妝間說道：「新娘子！新郎已經準備好喇，我哋一分鐘後開始！」

「係！」聞言，小娜立即緊張地回應。

　　待女主持離開後，我才坦然地回答剛才的問題：「我嬲㗎，但只係嬲妳早過我結婚……就係咁多。」

「但係，我指嘅係……」

「小娜，我知妳想講咩。我曾經都以為自己會傷心到死，但事實係……我冇，唔單只冇，甚至可以好真心咁祝福你哋。」我把手擺在胸前，繼續說下去：「或者，就好似啲人話齋——就算唔可以同自己鍾意嘅人喺埋一齊，只要佢可以得到幸福……就已經足

夠。」

「係真嘅?」

「真㗎真㗎。」我猛點頭,「我而家心裡面只有一個諗法,就係希望你哋可以白頭到老,生幾個肥肥白白嘅小朋友。小娜,行出呢道門之後,妳嘅人生就會正式揭開新一頁。」

「但呢一頁……」小娜捉著我的手,「我好希望仲有妳呢位姊妹同我一齊行落去。」

「當然啦,唔係我點會做妳伴娘呀?行喇,唔好要個大白痴等咁耐……我補埋個妝就會即刻出嚟幫手。」

「嗯。」小娜燦爛地一笑,此刻的她已經再沒有任何顧慮,重新恢復了神采。

　　終於,化妝間就只剩下我一個人。見狀,我下意識地拿起了手機,戴上耳筒,然後播放周杰倫的《開不了口》。前奏音樂才剛響起,我就按捺不住落下了兩滴眼淚,但同一時間……我笑了。

　　為甚麼?因為我很清楚,這滴淚水並不是因為傷心而流。恰好相反,我真的很高興……發自內心地感到高興。

高興在，自己的兩位好朋友總算有情人終成眷屬；高興在，**我終於能夠放下了。**

這是當年的我……就算輪迴多少遍也完成不了的事。

——*就是開不了口讓他知道*——

明明是一樣的歌詞，但此刻聽起來卻一點也不傷感，反而有種豁然開朗的感覺。

——*整顆心懸在半空，我只能夠遠遠看著。這些我都做得到，但那個人已經不是我*——

聽完全首歌後，我輕輕用手背擦拭掉臉上的淚水。然後緩緩轉身，昂首闊步地走出大門。

看來，不單止小娜和那個「大白痴」，這天對我來說也是新的一頁。

獻給那些曾經鼓起勇氣告白的人，
願你也能夠找到屬於自己的幸福。

《無限次告白》
全書完

無限次告白
INFINITE CONFESSION

獨家優惠　限量套裝
簡易步驟　24小時營業

當世四大天王：
黎郭劉張 (上)

● 《診所低能奇觀》系列

● 《詭異日常事件》系列

圖書館借本的
魔法書

銀行小妹
凡轆日記

● 《倫敦金》系列

HiHi喇好地地
一個人點知……

我的你的紅的

● 《Deep Web File》系列

向西聞記

無眠書

● 《絕》系列

殺戮天國

遺憾修正萬事屋

INFINITE CONFESSION

作者	有心無默
出版總監	余禮禧
責任編輯	陳婉婷
美術設計	郭海敏
製作	點子出版
出版	點子出版
地址	荃灣海盛路 11 號 One MidTown 13 樓 20 室
查詢	info@idea-publication.com
印刷	海洋印務有限公司
地址	黃竹坑道 40 號貴寶工業大廈 7 樓 A 室
查詢	2819 5112
發行	泛華發行代理有限公司
地址	將軍澳工業邨駿昌街 7 號 2 樓
查詢	gccd@singtaonewscorp.com
出版日期	2019 年 6 月 17 日（第三版）
國際書碼	978-988-78489-0-5
定價	$88

Printed in Hong Kong

點子出版
IDEA PUBLICATION

INFINITE CONFESSION